一起到遥远的地方看一看

韩梅梅 / 著

北京联合出版公司
Beijing United Publishing Co.,Ltd.

简单活着

生　命　是　闪　耀　的　此　刻

64 Chapter *07*
[腾冲] 温泉火山翡翠城。

83 Chapter *08*
[他们在吃东西] 她听见锅儿整得响。

86 Chapter *09*
[独自上路的女人] 就算带着永恒的伤口，至少我还拥有自由。

93 Chapter *10*
[雨崩] 徒步隐秘之地。

119 Chapter *11*
[人一生，都是没有安全感的] 长大、成人、活到老，相当，相当不容易。

126 Chapter *12*
[带一本书上路] 用流动的时间来看书，是一件幸福的事。

130 Chapter *13*
[阳朔] 往事只能回『味』。

生　命　是　闪　耀　的　此　刻

64 Chapter ***07***
[腾冲] 温泉火山翡翠城。

83 Chapter ***08***
[他们在吃东西] 她听见锅儿整得响。

86 Chapter ***09***
[独自上路的女人] 就算带着永恒的伤口，至少我还拥有自由。

93 Chapter ***10***
[雨崩] 徒步隐秘之地。

119 Chapter ***11***
[人一生，都是没有安全感的] 长大、成人、活到老，相当，相当不容易。

126 Chapter ***12***
[带一本书上路] 用流动的时间来看书，是一件幸福的事。

130 Chapter ***13***
[阳朔] 往事只能回『味』。

目录 CONTENTS

1 ［前言］旅行是一剂良药

1 Chapter ***01***

［丽江］我看见了花，我停下了脚步，我睡了个懒觉。

29 Chapter ***02***

［乡下的房子］裹着毯子，她就睡在山里。

32 Chapter ***03***

［陌生的地方，令人上瘾］独自旅行，是一个人完全独立的标志。

37 Chapter ***04***

［大理］隐居之城。

56 Chapter ***05***

［小旅馆］我从来不觉得，旅馆只是一个睡觉的地方而已。

61 Chapter ***06***

［谁也没有权利说别人在浪费人生］生活，实实在在就好。

210 Chapter ***21***
[大头班车和绿皮火车] 时光去了，它们也去了。

216 Chapter ***22***
[马尔代夫] 海上的日子。

234 Chapter ***23***
[有的人活着活着就死了 1] 一个我认识的人，就这么从此消失了。

238 Chapter ***24***
[有的人活着活着就死了 2] 说起曼娘，就想流泪。

244 Chapter ***25***
[小城] 清迈是宁静和淡定的。

260 Chapter ***26***
[香港] 台风。

272 Chapter ***27***
[北京，北京] 多少人，还在守着那奄奄一息的碎梦？

156 Chapter ***14***
[离开家] 因为这样，或者那样的原因，我们最后都离开了家。

162 Chapter ***15***
[行人与咖啡馆] 偶遇的缘分。

169 Chapter ***16***
[杭州] 小旅馆、老家具、微醺的下午。

186 Chapter ***17***
[白头到老不容易] 愿得一人心，白首不分离。

191 Chapter ***18***
[当浪漫消失了以后] 他是这世上和你相依相存、相知相惜的人。

194 Chapter ***19***
[上海] 24 小时。

206 Chapter ***20***
[我们终于有时间谈谈老这件事] 我并不觉得我妈老。

前言

旅行是一剂良药

2011 年 一个秋日的下午，在云南省金沙江畔的一个小山村，金色的阳光把流淌的江水照得波光粼粼，巨大的江石常年无言地待在那里，它们一个个被晒得很温暖。

我的母亲和我的继父在那里“旅游”。

他们拿着相机，你给我照、我给你照，或者去拣那些奇形怪状的石头，然后并排坐在大石头上。

这看上去是一个温馨感人的午后，但其实，那天，非同寻常。

他们已经谈好，从此分开。

20年的婚姻，出了问题。

别看他们“好说好散”，在江边还合了张影。但当我母亲走回奶奶家，跟奶奶告别的时候，她的眼泪还是快绷不住了。她基本上说不出什么了，只是掏出钱塞进奶奶的手里，转身，背上包就走了。

她一个人走到汽车站，买了票，坐上回县城的中巴车。

50多岁的女人，在摇摇晃晃的车里，拿着手机，想打一个电话给远在北京的大女儿，或者二女儿，或者儿子。

他们三个都在遥远的北京。

但她终究没打。

这么多年，她总是这样，不管是病痛，还是什么，只要是不好的事情，她从来不跟孩子们说。

这一天，她还是如此。

她老了，开始依赖我们。但是她又极力掩藏自己的脆弱。

她回到县城的家，拿上自己的东西，又坐上车，去了另一个乡村。在那里，有一个她亲自参与盖的房子，那是属于她自己的地方。

她对独住在乡下的解释是：在乡下空气好，清静。

但，从那一天起，她就出现问题了。

尽管她极力掩饰，但我还是能在每一次和她的通话中，发现不对劲：她的身体大不如前了，并且，她比以前更喜欢胡思乱想。

直到有一天，我的手机上莫名出现一条她发来的短信，上面写着她的几个银行卡的卡号。我急忙打回去，才知道她当天身体极其不好，她头晕、心悸，觉得自己快要不行了。

那一刻，我慌了手脚，说，你马上到北京来，我带你检查身体。

我带母亲在北京的几个大医院全方位检查了身体，没有大的问题。

医生的结论是，除了有轻微的颈椎病，其他

都是心理问题。

在这时，母亲才告诉了我那天和父亲分手的事。她说，最终还是没有和他分成，因为奶奶狠狠地骂了他！第二天，他就追回家去了。但是，我母亲心里无法原谅他，就让他一个人住在县城，自己住在乡下。

从医院走出来，我搂着母亲瘦弱的肩，心如刀绞。

有时候，我真的忽略了我的母亲。

我以为她说喜欢在乡下生活，就是真的喜欢。

我以为她说跟我父亲很好，就是真的很好。

我们在城市里工作、应酬、出行、享乐，大多数时候会忘了想一想：妈妈此刻过得好不好？

我经常给她寄钱，却无法体会，在乡下的漫漫长夜，她如何一个人度过。

继父打来了电话。

我告诉他检查的结果。然后对他说，我要带母亲出去走一走！

于是，我开始筹备和母亲的旅行。

这是一次和过去都很不一样的远行。

过去，我经常一个人出发，或者和朋友上路。我从来没想过，会带母亲出去走一走。

当我真正开始做这件事情的时候，才发现：这件事情，非常重要！

母亲是我生命中最重要的人。

旅行是我生命里很重要的事情。

过去，我从来没有想过，重要的事情，要带最重要的人一起去做。

母亲，我们去看一看。

一起去遥远的地方看一看。

有些地方，是你：

眼睛未曾看见，耳朵未曾听见，舌尖从未尝试，心里从未想过。

带我母亲，去看一看这个世界，看看千山万水之外，仍有一个地方，春夏秋冬，生机勃勃。有一些人，扎根在离我们很远的地方，有他们的文化，有他们的悲喜。到一个陌生的地方，吃跟他们一样的食物，穿跟他们一样的衣服，坐他们最常坐的交通工具，学说他们的话。去看看那些和我们惯常的生活截然不同的人们的生活。

不要去分析。

直接去领会。

然后，她的心胸，一定会变得比以前开阔。

我们只准备了两个简单的行囊，我教会了母亲使用佳能G9，惊讶地发现，她比我还会拍照。

我们去了丽江，在四方街和人们跳锅庄，好好睡了几天懒觉。在大理，我们去拜访朋友，坐缆车到苍山上眺望洱海，我们在腾冲泡温泉，去香格里拉看雪山，徒步去找一个与世隔绝的村庄，然后在阳朔大吃大喝，坐竹筏在漓江上漂流。在杭州，我们去喝龙井，夜游西湖。在上海东方明珠最顶层的玻璃走廊，我吓得腿软，我母亲却兴奋又勇敢。然后，我决定带她去世界上最美丽的地方看海。

然后，我们还去了小城清迈，感受宁静与美好。还在香港遭遇了10级台风。

身体转移劳累，内心轻松愉悦。

那几个月，我们似乎拥有所有的时间。

从一个地方，走到另一个地方，再变换一个地方。

一路，我们都在聊天。

我们很多年没有睡在一起了。

我又闻到了她身上的味道。我好喜欢那种味道。

一次又一次长途的飞机上，我的母亲总在睡觉。

而我，一直保持着清醒。好几次透过飞机的舷窗，看着天际线出现，发红，亮起来。

旅行，给予了我们很多。

它能让迷茫的人找到方向。

让无力的人找到力量。

让孤独的人找到朋友。

旅行，帮助母亲解决了很多生命中的问题，对健康的怀疑、对男人的不信任、对孩子婚姻的担心、对衰老的恐惧。

等回到北京，我欣喜地发现，母亲的病好了！

一路的风吹日晒，让她变得瘦而结实。

她又恢复了往常那样，对生活充满了热情和希望。

她高兴地看着她一路拍的照片，并要求我拷下来，“带回去给你爸爸看”。

她决定原谅我的继父，回去以后，和他一起好好生活，安度晚年。

旅行，就是这样一件能量很强大的事。

在巨大的伤痛之后，

有的人变得尖酸苦涩。

但一次旅行，

会让我们保留一张乐观的脸孔。

它是一剂良药。

它让我们学会和懂得，

不再担心未来，

慢慢前行，

不急，不忙。

韩梅梅

2012 年 11 月 13 日星期二

Chapter *01*

丽江

我看见了花，我停下了脚步，
我睡了个懒觉。

我教母亲睡懒觉的秘诀：抓住那一份昏昏沉沉的感觉不要放弃……

一夜安眠之后，你要享受那蒙蒙胧胧之间，骨头里的慵懒。

眼睛，闭上。

大脑，清空。

千万不要去看时间，也不要去抓手机。心安理得地去做这件非常舒服的事情。

很快地，一不小心地，你又会睡着……

地上全是阳光。

我和母亲背着包，站在古城入口一大一小两个水车前。

很多人，在那里照相。

我们的眼睛感到刺痛，我说，妈，把墨镜拿出来戴上。

玉龙雪山上流淌下来的雪水，从这里流入铺满青石板的大街小巷。

我和母亲往城里走。

大大小小的水渠穿街绕巷，纳西人在水边盖房，在水边铺路，在水边摆摊儿开店。清凉透亮的水，活蹦乱跳，从古朴敦实的木屋旁经过，绿色水草在水里无拘无束。

狗在门口睡觉，鱼在沟渠里游。

去丽江前，有友人问我，为什么还要去那个已经俗气的地方？

我的理由很简单，我母亲没去过。

这10年，陪在她身边的时间太少。

所以，我们要一起去她没去过的地方看一看。

正如此刻，很多人诟病的繁华和媚俗，在我母亲看来，却是热闹和新鲜。

并不着急找住的地方，先四处转转。

穿过一条又一条小巷，踩着层层石阶，我们爬到了高处。

往下看。

微风和煦。阳光晃眼。

整个小城，拱桥、木屋，鳞次栉比，密密麻麻，仿若迷宫。

我说，妈，我们的旅行开始了。

先来丽江，睡几天懒觉。

母亲说，她在乡下，每天醒得太早，凌晨四五点钟就醒了，醒来就再也无法睡着。

“已经很多年不知道睡懒觉的滋味了！”

那么我们就先到丽江来，来这里，暂时，把各自生命中的问题，都放下。

我们就只做几件最基本的事情，呼吸、喝水、吃饭、走路。

妈，心里不要放事。任何人、任何事都不要去想。

只去做一个简单的路人。去看，去感受。

最终，我们选择了一间位置偏僻的客栈。远离灯红酒绿的酒吧区域，由一个老宅简单改建而成，两栋小小的二层木楼，一个露天小院，店主是一个来自北京的单身女孩，还有一只在丽江本地出生的猫。

母亲一住下来，就把外套和内衣洗了，挂在二楼的铁丝上。

而我呢，把要脏不脏的衣服，继续塞进了包里。

房间里，只有两张简单的硬铺，不带电视。

没电视最好。

在我看来，即便躺在床上，拿着遥控器，一个台一个台地翻看，也不能算得上是真正的闲。

我母亲，她也不爱看电视。

年轻的时候，她喜欢看，经常哭得稀里哗啦。但现在，不爱看电视了，她说，脑子需要静一静。

丽江古城过去叫大研镇。

相比之下，我母亲更喜欢过去那个朴实的名字。现在这个，太过华丽和浮躁。

30 万人口的高原小城，距离我家乡，有 750 公里。

每年，有超过 800 万人来这里。

这个数字，让母亲吃惊。

我讲给她听：古城有 800 多年的历史，宋末建立，后来成为茶马古道上的重要小镇。千百年来，它一直没怎么变过。

到了 20 世纪 80 年代，有了一点钱的人们开始厌倦那些拙朴的木楼，开始推倒老房子，修起了刺眼的水泥路和千篇一律的水泥房。

幸好，云南工学院的一个教授，给当时的省长写了一封信，请求他保护古城。

那位纳西族省长立刻批示，让丽江躲过一劫。

不然的话，如今的丽江，恐怕就和全中国所有的县级市一样，都是一个模子里倒出来的了。

1996 年，丽江地震。

地震之后，联合国教科文组织的官员来到这里，发现古城虽被严重破坏，但它的格局、水系却保存完好。

第二年，它被列入世界文化遗产。

默默无闻的高原小城，也因此闻名天下。

但，闻名天下，真是件好事吗?

大批游客蜂拥而至。

如今的丽江古城的中心，确实早已不是最初小资青年津津乐道的那样，是个适合“发呆”的地方了。

不过，有心的人，还是能在这个城的喧嚣背后，找到他喜欢的东西。

蔚蓝天空，洁净空气，天上有鸟，水里有鱼，院里有树，阳光普照。

如果你不跨进那些酒吧和商店的大门，尽可以找到干净便宜的住处，可以在小石桥边闲坐，可以随时随地仰起头享受阳光，用眼睛感受一花一叶。

四方街，是城的中心，四条大街从它周围散开，然后又从每条大街分出不同的小窄巷子。

每一天，位于高处的广场开闸放水，水从那里流淌向四方，漫延着走街串巷，冲洗尘埃废物，使条条大街的石板路，最终恢复洁净光亮。

母亲俯下身，抚摸脚下那块石头。

长年累月，石板路被冲洗得凹凸不平。

石头上，能清楚地看到时间和岁月。

晚上 8 点半，我们坐在床上聊天。

母亲给我讲起了她小时候的故事。

她说，人的一生，应该是从记得起来的时候开始的。

母亲记性好得很，最远最远的记忆，能想起 4 岁多的时候。

她说外公[①]带她去买李子。

小贩让她牵起衣角，把几个笨头笨脑的绿色果子倒在里面。

她满心欢喜，兜着李子，走在河沟边。河水快要打湿她的裤子了，她伸手去理裤脚，不想，李子落下去，被水冲走了。

“我哭得好伤心。4 岁多。顾手不顾脚。”

“那就是我这一生，最开始的回忆。”

---

① 外公：即外祖父。

母亲今生有一个最大的遗憾，就是，完全记不得外婆的样子。

她对自己的母亲，就只有两个印象。

“第一个印象，是她生了弟弟以后，坐月子期间感冒了。得了一种月后寒，医不好。病了，弟弟就没奶吃，就饿着。爷爷奶奶拿包谷粉煮稀汤给他吃，吃得撑到了，就死了。弟弟死了以后，她很伤心，病更重了。我那个时候身上脏得很，长了虱子，身上很痒，就走到她跟前，说，妈，你给我抓抓背。她心里婆烦[1]得很，就狠狠地给我抓，抓得我惊叫唤[2]！后来就不敢去喊她给我抓背了。这是第一个印象。”

“第二个印象，是有一天我在田里面耍，突然有人来喊我，素娥儿，快点回去！你妈要落气了！我二话不说往家跑，到家的时候，发现家里有好多人，她在堂屋里，有人拿条板凳给她靠着。要坐着，气才落得下去。她周身已经肿得不成样子。大人喊我给她跪下去作揖，说，你快给你妈作个揖，让她这口气落下去……我那时候还不晓得伤心，只晓得身边有这么多人看着我，我不好意思……”

“那个时候，连张照片都没有留下。”

我对母亲说，明天多睡一会儿再起，来到了这里，还有什么事是要紧的呢？

我说，小时候，就没有怎么睡过懒觉，我的记忆里，有好多年都是在拖把与床脚的撞击声中醒过来的，你一边拖地，一边吼：快起！快起！起来去

---

① 婆烦：方言，意为“很烦”。

② 惊叫唤：方言，意为“使劲叫喊”。

把痰盂倒了！

大了以后，你倒是不再催我们起床了。

母亲说，到了我这把年纪，才知道，能睡懒觉是福啊！现在，只要你们能睡，就让你们多睡。你们春节回来，想睡多久睡多久，我把饭煮好，你们起来吃就是。

那时不是旺季，客栈没几个客人，晚上就只有我和母亲在，其他的房间都暗着灯。

到了 9 点多，眼皮就开始打架了。

这种情况在北京，是绝对不可能发生的。晚上 9 点，我一定还在电脑前。

困了就睡嘛！母亲说。

我关了灯，倒下。

床板确实很硬。

我在黑暗中翻身问母亲，你睡得惯吗？

睡得惯，硬床才好。她说。

话音刚落，她就扯起了呼。

因为“认床”，

我每到一个陌生的地方的第一个晚上，总是睡不好。

半夜的时候，隔壁有人回来了，拉开木门嘎吱一声，然后砰的一下，木头相撞的声音。

我被惊醒。

在黑暗中暗自祈祷：请不要聊天，请不要吵闹，请不要打电话，请不要走来走去，更不要……

毕竟房间和房间之间，只有一道木板相隔。

这是在旅行途中，最害怕的事。

神经衰弱的人，在深夜，总是无比脆弱。

我母亲却丝毫不受干扰。呼声均匀。

幸运的是，刚才那两声过后，隔壁再无声息。

谢谢你！谢谢你！我在心里轻轻呐喊之后，再次坠入睡眠的深海……

第二天我被阳光照醒。

阳光穿过斑驳的窗棂，十分刺眼。

看时间，其实还早，才 7 点多。

母亲已经不在床上了。

起来，推开门，站在二楼的方寸阳台。

远方，阳光刺穿云层，照在雪山顶。

院子里，站着一棵开花的树。

丽江，在清晨，是这么美好。

母亲一定早早就醒了，为了不打扰我，出去逛了。

我下楼，用冰凉的自来水洗漱。

那水冰冷刺骨。

洗完，就看见母亲愉快地回来了。她手里拿着一小捧山茶花。

“我买的，索玛，两块钱一把。”

在我们那里，山茶叫索玛。

她买的这一把，粉嫩嫩的，全是花骨朵儿，隐隐散发着幽香。

她把索玛养在一个矿泉水瓶子里，说，这里早上的空气吸到肚子里，真舒服啊！

然后她向我细数：菜价和我们那里差不多，茄子多少钱一斤，葱葱[1]多少钱一斤，大蒜多少钱一斤……

我知道，她又去转菜市场了。

每到一个陌生的地方，她总是很关心那里的菜价。

吃完罐罐米线，和母亲出去走走。

四方街附近的铺面已经开门了，各种招揽客人的音乐响起，放得最多的就是侃侃的《滴答》。

早晨已经有人清洗过街道了，流水清润过的石板路，有点儿滑。

我抓住母亲细细的手腕，提醒她小心。

避开繁华的地方，只要多走几步，就能在一条小巷子里看见和几十年前一样的丽江：土墙木屋，没有门脸儿和酒吧，没有吆喝招揽，女人坐在门口

---

① 葱葱：方言，即葱。

缝衣服，老人在打盹儿。脚边晒着一簸箕红艳艳的辣椒。一切生机勃勃。

很容易遇见面带笑容、随处安然的本地人。纳西女人，个头儿普遍不高，穿着粗布衣服，戴着蓝色的袖套，袜子绑住裤脚，帽子也是蓝布的，缀有彩色的带子，背一个竹筐，脚步细碎，即便竹筐里面什么都没装，看起来还是很沉的样子。

云南人我知道，很害羞的，如果一个陌生人对她微笑，她是会惊慌的。

但是丽江的本地人不一样，你对她微笑，她

必回报给你。

母亲看见一个女人挑的箩筐里，摆着挂着水珠的碧绿的小黄瓜，就买了两个来，从腰折断的瞬间，黄瓜汁水飞溅。

新鲜，味道好。

外婆去世以后，外公去了外地工作，母亲就跟我的祖祖①一家一起生活。

祖祖家在江边，一栋木头三层小楼。母亲住在三楼，天气热的时候，她就睡在支出去的走廊里。

江水，就在脚下，透过木头的栏杆，能看见星星。

我妈说，那个时候，江边的人，都是睡在外面。

她还说，我有一种朦胧的记忆，感觉那时候的人，在夏天，仿佛都是赤裸着上身睡觉的，包括女人。她们也不会觉得害羞，很自然。我不知道是不是我的记忆出了问题，但是，我的脑子里，就有这样的画面。

每个夏夜，外曾祖母就睡在母亲的身边，母亲照样身上痒，就喊，奶，给我抠背。

外曾祖母就轻轻、轻轻地给她抓。

祖祖，也就是母亲的爷爷，也很疼爱她。

她 7 岁的时候，学会打猪草了，就去打猪草来卖。卖到了钱，就全部交给祖祖去买酒喝。

---

① 祖祖：方言，曾祖一辈的统称。可指父母的爷爷、奶奶、外公、外婆共 8 人。文中是指母亲的爷爷，即作者的外曾祖父。

祖祖爱打桥牌，爱到街上的茶馆去喝酒、喝茶。

晚上，母亲提起灯笼，去接祖祖。

她穿过黑糊糊的田坎，走到街上。

祖祖在酒馆里吃酒，她就依过去[①]。

祖祖老了，牙齿不太好。买一杯酒，搭着买一碗杂碎汤锅，带皮带骨的。母亲最爱去守着他，他吃杂碎的时候，吃软的，母亲就吃那些他吃不下去的。

有一年，母亲看见街上有人卖钱包，用布缝的，稀奇得很。三角钱一个。要打几十斤猪草才买得着。

她对祖祖说，爷，我要买个钱包。

祖祖说，你买嘛。

“你祖祖对我说话的声音，从来都是好温和……”

那是我妈妈这辈子买的第一样东西。

她天天把它揣在身上，但是里面没有一分钱。

揣一段时间，又不稀奇了，她就把钱包送给祖祖了。

偏僻小巷里的茶铺，圆脸带着高原红的小妹，用半生不熟的普通话邀请我们坐下。听我们改说云南话，她轻松了许多，也更多了些热情。

不是贵的就是好茶。她的话很实在。

她取出一块茶饼，洗手，清洗茶具，说，喝这个就很好。

---

① 依过去：方言，意为“靠过去”。

滚水冲进茶壶，茶饼慢慢舒展开。

水的颜色开始变化。

香气漫溢。

小妹却把第一泡的茶水倒掉了。

她说，这是洗茶。

如此这般，第二次冲进的水也被倒掉了。

她说，这叫醒茶。

茶叶在睡觉，需要水把它叫醒——小姑娘不经意的一句朴实的话令我妈赞赏不已。

第三泡茶，才倒进杯子，汤色红润明亮。

她说，判断普洱茶的标准很简单，茶汤越透明、越干净的，越好。如果它发黑、发紫，或者里面有尘，就不好。

普洱茶入口，第一感觉是醇厚。这种温暖和厚重的感觉，会一直从喉咙滑到胃里去。喝下去以后，嘴里会留有香气。口腔的深处，会有回甘的感觉。

小姑娘说，和其他的茶不一样的是，好的普洱茶会越泡越浓，颜色也会越泡越深。

如果胃不好的话，普洱茶是最好的养胃茶。

无需再去逛高墙红门、专人讲解的茶叶博物馆和各色品牌茶叶店了，我们对眼前喝到的百十块一饼的茶叶，已感到满意。

于是买了一点儿，带到路上喝。

这就是我们在丽江几天，唯一购买的东西。

三天时间，我们没有进任何酒吧、咖啡馆，也没有去任何有名的景点。

虽然也饶有兴致地去逛街，这里转转，那里看看，大大小小的商铺都钻进去瞅一眼。

最多的就是各种编织围巾、披肩、蜡染、花裙子。

丽江的街上，披着花披肩的女人比比皆是。

进进出出各种商店以后，我们仍旧两手空空，什么都没买。

确实是没有什么东西想买。

离开以后，我们也没有因此而感到遗憾。

母亲说，在会溪，我想你外公得很。

江边，有个大得很的河沙坝。

母亲最喜欢和小伙伴在那里耍。

河沙用水打湿了，捏在手里，一点儿一点儿地滴下去，最后滴成一个形状奇异的小沙堆，叫“滴菩萨”。

还有，把沙子堆起来盖房子，拿树叶和花来插，栽树，种花，修公路。

母亲在河坝上耍，看着远远的山上，有人背着包包走下来，背的是那时候干部背的解放军的绿色的包包。

小伙伴们就喊，快点儿快点儿看！那儿下来一个人，你家爸爸回来了！

母亲就欢天喜地地跑过去。等人家走下来，发现不像了，就很失望。

她又跑回去，说，哎呀，不是的。

过了一会儿，又看着一个背包包的人来了。

又跑去看，又不是。

“就是这样，心里想见自己的父亲。你外公给我最深的印象，就是背着个绿包包从山上下来。不管你外公多老了，不管我自己到了多大的岁数，对他的这个印象永远不会消减。”

有一次，终究盼来了。

母亲和小伙伴都站起来了。

外公浓眉大眼，走路如风。

他走他的路，根本没发现他们。

快喊，快去喊嘛，小伙伴都推她说。

母亲不好意思，就在伙伴们身后躲了起来。

外公从他们面前走过了。

母亲对小伙伴说，我不耍了，我家爸爸回来了。

她就跟着他走，走在他后头。

外公只管大步走，根本不管身后。

等他到家。祖祖就说，你没看到素娥儿吗？她天天到河坝边等你。

他说，没看到呢！

没多久，母亲也到家了。但是不好意思进屋。就在门口，脑袋低着，脚就在地上画圈圈。不敢进去。

等祖祖他们忙完了，才看见她在外面。就说，素娥儿，你爸爸到家了呀，你还不进来！

喊了半天，母亲才进去。

然后我外公把母亲抱在怀里。

第二天，母亲又早起了。

我起来的时候，她正在楼下，在那棵开花的树下，和客栈老板坐在小凳上，帮她剥豌豆。

她们身边的月季，各种颜色的花朵，一蓬一蓬的，开得正激烈。

又是晴朗的一天。

老板今天洗了床单，挂在二楼的阳台上，随风飘着的床单散发出一点儿洗衣粉的清香。

早晨，我们就在城里逛了逛，然后回旅店翻书晒太阳。

中午，我们去了束河，在一棵大苹果树下喝茶。

下午，我们去吃鱼。

虹鳟鱼的生鱼片，切成透明的薄片，躺在冰上被端上来。

我以为母亲会吃不惯，但她却很喜欢。

傍晚，四方街又跳起了锅庄。

我们也去跳。

我母亲从小就喜欢跳舞，过去还参加过文工团。

锅庄，跟彝族的达体舞差不多，每一个小节，动作重复比较多，基本上跟着跳上几个拍子就会了。

我拉着母亲的手，她的手是那样干瘦，我握紧了，一边笑一边看她。

我母亲跳舞时，也喜欢微笑。

她此刻多么快乐。

脸上没有任何烦忧。

我也因此而快乐。

我想，我这辈子，有可能永远都不会对我妈说出：我爱你。

这不是我们的表达方式。

但是，想起她，想到她的一生波折辛劳，想到她老了一个人孤独地生活在家乡，就会心痛，在电话里听见她的声音有一点儿不对劲，就要追问个清楚。

我们的感情是说不出来的，只能感受，用痛来感受。

我只能紧紧地把她的手拉住。

凌晨 5 点，母亲醒来的时候，我也醒了。

我看她翻身起来，就说，你再试着躺下去，什么也别想。

她听话地躺下去。

我教母亲睡懒觉的秘诀：抓住那一份昏昏沉沉的感觉不要放弃……

一夜安眠之后，你要享受那蒙蒙眬眬之间、骨头里的慵懒。

眼睛，闭上。

大脑，清空。

千万不要去看时间，也不要去抓手机。

很快地，一不小心地，你又会睡着了……

那一觉，我们睡到了 10 点多。

阳光已经照到被子上来了。

暖意融融。

母亲醒来，显然心满意足。

我们需要好好睡一觉。

当我们感到难过时，总觉得这种愁绪会永无止境。

它一直盘旋在头脑之中，挥之不去。

但有可能就在明天早上。

当你醒来，走出去。

触碰到清晨的第一丝清风。

这些坏东西，马上随风而散了。

你突然神清气爽，轻盈起来。

忧伤再无踪迹。

连我们自己，都无法描述，它是如何离去的。

但是，睡眠知道。

我们租了一辆车去草原。

车沿山路蜿蜒而上，气温骤降。

车窗外风景流动。

偶尔会路遇骑车的人，装备齐全，奋力蹬着。

母亲趴在车窗上，看那个人。

到了山顶，进入云中，继续前行，拐一个弯，眼前豁然开朗，出现一个绿色的大坝子。

我们在草坝上走。

非常冷。

就是想到这个山顶上的草原来看看。

远方，云层破了一个洞。

阳光从那个洞洒落下来，照亮了那片草地。

草原上，有马、有狗，还有少量游人。

有一只雪白的狗显然是游人带来的，它在草原上肆意地奔跑之后，不怀好意地靠近了一匹马，马从来没见过这么洋气的大狗，吓得连连躲闪。

突然，一声吆喝传来，马的主人在几里开外已经撩开嗓子，骑马飞奔而来。

我们在草原上找了个农家，炖了一只鸡。

使用大砂锅炖的，揭开盖子，锅里漂着一层黄色的鸡油，香气扑鼻。

傍晚，我们回到丽江，去吃了腊排骨火锅。

汤色奶白，味道极鲜。

吃完火锅从酒吧街穿过。穿着民族服饰的男女在酒吧门口纵情歌唱，恨不得拉客人入店。我们从他们身边走过，旁观属于所谓艳遇的热闹。

我对母亲说，说真的，很多人对艳遇嗤之以鼻，但那有点儿大惊小怪了。我身边就有几对因为艳遇而终成眷属的，后来过得还不错啊。

酒吧前面，溪水流淌，许愿的河灯，静悄悄地漂过。

我极容易在人群中，找到一刹那走过的悲伤的背影。在这样的旅游胜地，永远不缺乏来疗伤的人。受伤的人来这里买醉，他们很好辨认。

我看那些受过伤的面孔。

我喜爱他们。

但我从不上前告诉他们。

母亲回忆起她小时候，祖祖们带着她，走路去另一个乡的粮管所看外公。

从江边走到码口，要翻好几座大山。

两个老人家带着一个小孩，都走不起[1]。

走不起，就慢慢走。

夏天热了，会把膝盖腿都走烂，后来还化脓。

但是，母亲心里还是很高兴，因为要见着她的父亲了。

到了粮管所，外公会给她做好吃的。

还会领着她，拿一个簸箕，用筷子支起来，系根绳，在簸箕下面撒点谷子。

他们悄悄躲在远处，手里拿着绳。

有麻雀来吃谷子。

他们就一拉！雀儿被抓住啦……

---

① 走不起：方言，意为“走不动”。

外公最爱吹口琴。母亲也最喜欢听他吹口琴。

过了几天，他们要走了。

母亲就向外公要口琴。

外公不给，她就哭了。

外公就说，好嘛，给你！

就把口琴递给她了。

母亲拿到了口琴，宝贝得很。睡觉的时候，压在脚下面。

第二天，她把它藏在小背篼里。

可是，回到会溪的家以后，口琴就找不到了！

不见了！

母亲以为她把口琴搞丢了！哭得非常非常伤心。

祖祖看母亲哭得要晕了，就安慰她说，不要哭了，口琴不是你弄丢的，是你爸爸又拿回去了——他一个人在山上生活，就一把口琴最珍惜——再说，给了你，你又不会吹。

听祖祖说完，母亲就更伤心了。

她永远记得这个事情。

“本来给我了，又拿回去。”

离开的前一个晚上，玉龙雪山被笼罩在云雾之中。

很冷。

母亲在院子里，端出一个火盆，放了点柴，很轻松地点着。

跳动的温暖火光很快吸引了店主和同住在一个小院的其他旅人。

他们凑过来，用“您”称呼我母亲，和她聊天。

大家都说，喜欢丽江那种“闲闲”的感觉。

在这里，可以心安理得地偷懒，理所当然做个没有追求的人。

天越来越晚。

柴火慢慢烧小了。

人也渐渐散去。

我母亲小心地把火熄灭，然后从灰里掏出两个烤得香喷喷的洋芋，递一个给我。

我惊讶，哪里来的洋芋？

母亲说，我上午在市场买的。

她微低着头，小心翼翼地撕着洋芋香脆的皮。

离开丽江那天，我和母亲居然一觉睡到了 11 点。

我知道，无形中，在这高原、这个小城，空气里的闲情逸致已经改变了她。

我们起来，收拾东西，坐车去了大理。

Chapter **02**

乡下的房子

裹着毯子，她就睡在山里。

有时候她会去坡上休息一会儿，在杂草丛生的野地里，小心翼翼地避开长满刺的蔓藤，采摘野莓子。摘下来，用手抹抹尘土，就吃掉。

乡下的房子，在盛夏开始建造。

她在那块地里，跟工人合作，去买水泥、钢筋，帮助工人背砖背瓦。买窗、买门。累瘦了一圈。

似乎这一生，就没有机会好好停下来休息。

为了看住工地，她搭了一个草棚，住在里面。吃得不再讲究，捡几块石头搭成灶，铁锅放在上面烧饭做菜。做出来的饭，就放在大石头上，自己就坐在地上吃。有时候她也会去坡上休息一会儿，在杂草丛生的野地里，小心翼翼地避开长满刺的蔓藤，采摘野莓子。摘下来，用手抹抹尘土，就吃掉。

晚上，裹着毯子，她就睡在山里。

她说，她时常听见野生的动物从棚子旁边路过，细碎的脚步声清晰可辨。但不知为什么，她一点儿也不害怕。夜晚的风在那片峡谷里刮得很凶，她睡得很香。

她种了番茄，把藤子架在竹竿上。长出青果的植物，散发出的味道，浓郁异常。

有时候，半夜醒来，突然心血来潮想到什么事情，就赶快起来，提起桶和铁锹，去引沟水，引过来浇菜。

早上一睁开眼，看见天蒙蒙亮了，她就再也睡不着了。

每天早上都能听见鸟叫，十分悦耳，却再也睡不着。这些年，就是这样，醒得很早。她走出棚子，发现她种的小葱，又长高了许多。

她每天早上，都会绕着这座没有修好的房子走一圈，每一天，它都在变化，一点儿一点儿，变成一个“家”。

Chapter **03**

陌生的地方，令人上瘾

独自旅行，
是一个人完全独立的标志。

旅行的收益，是它慢慢地改变了我的世界观。使我更乐观。

我母亲说，在这趟出来之前，她觉得我过去总是一个人旅行，是一件疯狂的事情。直到这次在路上，看到那么多孤独的旅客从她身边走过，知道了“原来有好多人和我的女儿一样”。

心里才踏实一些。

我说，你担心什么呢？

她说，一个人，去到完全陌生的地方，谁也不认识，也不知道会发生什么。

我说，这倒恰好是最令人兴奋的地方……

独自旅行，是一个人完全独立的标志。

因为很多时候，必须要自己做决定。

一个人在旅途中，不可能事事顺心，遇到困难，需要自己去解决。在路上，会遇到各种各样的人，学会敞开心扉和他们交往，会收获一份可以保持多年甚至一生的友谊，或者爱情。

一个人在路上，我得到过很多人的帮助，也帮助过别人。这两件事情，都带给过我很大的快乐。尤其是遇到那些也同样是独自上路的人，他们大多都无比善良和热情，我们常常一见如故。

当然，一个人出门的确是带一点点冒险性质的事情，要学会自己回避风险。自我保护的能力，是在路途中一点儿一点儿锻炼起来的。

现在的我，可以在出门的头一天晚上再收拾行囊，只需要半个小时，一切就齐当！什么都不会落下！

女孩子一个人出门，要尽量地减轻自己的行囊。到了目的地，也要克制自己的购物欲，轻装上路，才能保持愉快的心情……

我曾经到了一个地方，身上没钱了。于是我在当地找了一份工作，直到自己有钱回家……

旅行的收益，是它慢慢地改变了我的世界观。使我更乐观。

每一次动身的时候，我都有一个计划，但到了路上，这个计划或多或少都有一些改变。比如，我计划在一个地方待上三天，但其实我待了一个月，又或者，我本来计划只去 A 地，但最终，我从 A 地，辗转到了 B 地，然后又从 B 地，到了 C 地……

在路上独自漫游的人。

不忧事物。

无惧孤独。

我喜欢这种，一个人，走在路上，自由自在的感觉。

Chapter ***04***

大理

隐居之城。

和丽江隔了 187 公里。

仅 3.5 小时汽车、2.5 小时火车车程。

这里，却要相对硬朗和风平浪静。

一个常年吹着大风的小城。

天空多变。

“这里的云走得好快！”

这是母亲对大理的第一个评价。

从下关火车站到古城的 30 分钟车程中，天上的云已经变换了三四种姿态。

到了古城之后，去找四季客栈。

却一下失望了。

同样的街道，同一个地方，已经不再是四季的所在。

我跟母亲唏嘘感叹：想起那年，在这里，和一群好友，在四季的院子里，喝酒、聊天到深夜……

四季已不在。

故人又在哪里呢？

拦住一个路人来问，听到的消息更让人难过。

四季的老板，台湾人，几年前因为尿毒症去世了。所以，四季才关掉。

欢声笑语都消失不见。

只有那条街道，还和记忆中的一模一样，两排树沐浴在细碎洒落的阳光之下，和当年一样挺拔闪亮。

走过了一家小客栈，从门里望进去，院子里，两面都是热烈盛开的三角梅，蜜蜂在院子里嗡嗡飞舞。

好了，就是这里了！

跨进了客栈的门。

这个院子的正门、房屋、阳台都被绿植包裹着。

有人专心照看它们。

照看植物的是一个七八十岁的老奶奶，她穿着粗布衣服，修剪、浇水，举手投足，全是对这些绿色生命的珍惜与怜爱。她看我们进来，就微笑着用云南话打了个招呼。

房间在三楼，挨着天台。

笨笨的木床，一张旧书桌，牛皮纸做的台灯。被罩是蓝色的，散发出被阳光晒后的味道。

令人意外的是，天台上，有一个搭出来的小房间，虽然不大，但是设计精巧雅致，推开窗，能眺望苍山。那是个小小的书房，里面有店主的私人藏书，也有客人寄来的书，天长日久，也有了满满一架子。

下午，客栈里突然冒出许许多多的半大孩子，他们有各种肤色，高矮不一。一时间，大厅里充斥了英语、法语、西班牙语、意大利语。孩子们着装不一，但是背包和帽子是统一的。他们显然很兴奋，但是，很有礼貌和纪律。他们听从老师的安排，很快完成了 check-in 。

一个看似是老师的年轻女孩笑着和我打招呼。

我说，哇！这么多孩子！

她说，是啊，我带孩子们来这里参观，去爬山和学习茶道、织布等传统手工艺。

孩子们拿到钥匙之后，几秒钟就分散开去，大堂马上恢复了宁静。

客栈有一个小小的地下室，这是意想不到的。

那是个影音室。

整整一面墙是巨幕。

我无意中，在客栈的小黑板上看见“CINEMA”字样，才去问服务员。

那个姑娘说，有啊！就递了一串钥匙给我。

打开地下室的门，无比惊喜。满满一墙的碟片。

那个晚上，在这个音效绝佳的地下电影院看了一部《大蓝》，绝对是这趟大理之行的意外收获。

在黑暗闷热的地下室里，母亲陪我看完了这部电影。

她说，我这辈子还没看过海呢……

这话，我听到了，并且记住了。

和丽江隔了 187 公里。

仅 3.5 小时汽车、2.5 小时火车车程。

这里，却要相对硬朗和风平浪静。

就像可以随时更换频道，节假日的时候，接踵擦肩，热闹非凡。假期结束，马上，又可以调回宁静模式。

喜欢这里古雅质朴的建筑。

铺着青色瓦片的屋顶。

铺了鹅卵石的庭院。

散发木香的地板。

雪白的石灰墙和墙上手绘的民间画。

永远在那里的苍山和洱海，提示人们从遥远的过去到现在，不管外面的世界如何变化，这里一直都是繁荣富饶的，似乎从来没有清苦过。

古城只有两三条主要街道，这些街上树荫夹道、小店林立，有客栈、咖啡馆、小吃店、酒吧、药店、书店和若干杂货铺。

那些杂货铺里有来自世界各地的东西，尼泊尔的香料、非洲的手鼓、瑞士的小糖果、日本的餐具，以及各种各样的音乐 CD，不知道店主都是去哪里进的货。

我们来的时候是淡季，街上没多少游客。

逛街的，都是住在大理的人。

他们优哉游哉，走西家，串东家。

我对母亲说，大理，有太多的能人逸士隐居在这里。他们深藏不露，在这里享受纯粹、简单的生活。比如这条街上，随便遇到一个穿着破旧T恤、脚踩人字拖、提了一筐新鲜蔬菜的人，说不定都大有来头。穷得要死的人，喜欢来大理生活。富到不行的人，也喜欢来大理生活。

噢，对了，我就有两个朋友，他们住在大理，一个穷得要死，另一个富得不行。

我们先去看那个穷得要死的朋友。

他接到我的电话，高兴得不得了——“我请你们吃比萨！”

转眼我们就坐在了大理最有名的比萨店门口。

古城里有很多进口食品超市，能买到正宗配料，光是芝士，就有几十种。尝尽中西美食，也是在大理生活的亮点。

伙计现揉面饼，现撒料，然后当着我们的面，放进炉子里去烤。

比萨上桌了，香气扑鼻。扯出一块，芝士拉得好长！

咬一口。立刻明白了：

真材实料，就是生意好的秘诀。

我们三人坐在比萨店门口用餐，天气暖和，阳光泼辣，晒一会儿就全身发烫。

我说，朋友，你晒黑了。哪像过去那个苍白的小白领?

他是我过去在北京公司的同事，单身，租住在海淀六郎庄，每天坐两个小时地铁上班，两个小时地铁下班。下班以后，常年赖在办公室，待到凌晨，甚至就睡在前台的沙发上，原因是：可以在公司多上一会儿网……他似乎从没有朋友，身上，总是会散发出长期没有换衣服的味道……

听我描述他过去的样子，他开怀大笑，眉宇之间充满真情真性，说，那个时候，过一天算一天，哪里看得到未来！但是，现在不同了，在大理生活，我很快乐！把脑子清空，把肚子吃饱，一切OK！

作为一个没有积蓄的人，来到大理生活，没有想象中的那么困难。

大理有四种人。

一种是本地人。

另一种是富人，你无法想象他们拥有的财产数字，他们来大理，买下一个院子，一年过来享受一段时间。

还有一类，比较有钱，逃离了大都市，付出所有的积蓄，来这里开客栈、开酒吧。开张以后，他们发现，生意并没有当初想象的那么好，但是，养活自己，收获别人羡慕的眼光，同时享受大理的悠闲生活，已经足够。

最后一种，就是我朋友这样，一穷二白，来到这里，在客栈做义工，只求遮风挡雨的住处和一日三餐，或者在酒吧和餐馆当服务生、上街卖艺、摆摊儿、去给人装修院子当工人……

只要能活下来，干什么都可以。

他们同样也活得很好。

在大理，不管什么来历、什么身份的人，碰到了一起，极容易成为知己好友。来自世界各地的人，喜欢相互蹭吃蹭喝，聚在一起，非常快乐。

在无数次聚会之后，谁谁谁刚来的时候一分钱也没有，后来开始摆地摊儿卖 CD、卖饰品发了财的故事听多了，我的朋友也开始蠢蠢欲动。

他尝试去淘宝进货，摆地摊儿卖首饰。

但是，生意并不是很好做，竞争太激烈。

后来，经一位高人大哥的指点，他发现了一个商机——来大理的情侣和度蜜月的人挺多的。

他就跟大哥借了佳能单反相机，大哥教他拍照，他自己上网研究修图技巧。

两个星期之后，他就开始在街上摆摊儿，带人去苍山、洱海拍写真。

一个月下来，居然也能挣到五六千。

这位高人大哥是一名画家。

朋友说出他的名字，

真是如雷贯耳。

朋友在大理的生活，就是：

早晨起来，院子里喝茶。

然后出去吃碗饵丝作早餐。

再回来，接着晒太阳喝茶。

如果有人预约拍照，就提着相机出去。

晚上在房间里修照片。

修累了，就去酒吧喝一杯。任何酒吧，都有熟人。

隔三差五，骑车出去，在野外烧烤，或者去钓鱼。

每周日，邀人去中学打篮球。

大理周边各种绿树成荫的乡村小镇，还保留着百年前的“赶场”习俗。朋友很热衷于去逛这样的农民市集，那里能以极低的价钱买到新鲜的猪肉和蔬菜，买到花种子、菜种子，还能淘到不少好的小玩意儿，比如手工的鞋垫子、农妇新做的背孩子的小毯子，拿回去挂在墙上就是工艺品。

“把自己当作一个大理人来生活，会更让人爱上这里。”

来大理必须要做的事情有三件。

一件是，到洱海边去坐一坐。

另一件，是到苍山上去看一看。

第三件，和当地的朋友聊聊天。

其他的“景点”，可去可不去。

我们由朋友带着，徒步去找一块鲜为人知的海岸。

穿过道路曲折拐弯的村庄，和几辆摩托车擦肩而过。

走过几片田地，试图抓几只蜻蜓未果。

闻到洱海的味道了。

墨绿的水草，长而美，随着波浪摇晃。

几棵长相怪异的大树，扎根在水里，浮现倒影。

踩着杂草丛生的小径，来到洱海边的一块野地。

我与母亲席地而坐。离水很近。

大片的水。

无边的天。

有那么几分钟，我们一句话都没说。

我们体会到天人合一，忘忧忘愁。

长达两分钟的极致的宁静和快乐。

直到我的胳膊上跑来一只小瓢虫。

我母亲伸手一拍，它就飞了。

美景当前，心情大快。我母亲站起来，四处走走，一路观察她所认识的植物，说出它们的名字。

“这个是猪儿草，我们小时候打来喂猪的。”

“这个是天星米，可以吃的。用开水焯一焯就吃得！”

母亲摘下一个野生植物的豆荚，掰开它，里面有一排一排的种子。

放进嘴里，甜蜜多汁。

突然，有两个光屁股的小孩从我们面前跑过。

他们到了洱海边，没有做任何停留。扑通！跳进了水里。

第二天，我们原计划是去爬苍山，但是天很阴霾，要下雨。

就作罢了。

我要母亲陪我去看另一个朋友。

母亲却说，我去会打扰你们聊天。

她说，我就留在客栈睡觉。

想到下雨天睡觉是一件美事，我就没有再坚持。

我骑自行车去找朋友。

浓雾遮天蔽地。

自行车是客栈的，没有上锁，谁需要就骑走，回来继续靠在那里就行。

刚骑到那个别墅小区门口，雨就落下来了。

朋友是一个制片人，曾经在影视圈大有作为，所以能在大理昂贵的别墅区买一套房子也不足为怪。

门一推开，迎面一阵清香。

茶几上，好大一束百合花。

在云南，买花好便宜！你猜这么一大束百合多少钱？

10块！

答对！

在阳台的玻璃房，已经泡好了普洱茶，备好了中南海点五，还有一盘切好的木瓜。

雨点打在玻璃棚上，声音悦耳。

在大理，听雨是很惬意的事情，朋友坐下来说，还有听风。听风声，是这里每晚的节目。呜呜地吹一晚上，刚开始会有点儿害怕，后来，就能在风声里安然入睡。

玻璃房里有一只小白兔，看见来人了，就躲到沙发下面去了。

朋友说，它叫查理，是我妈去菜市场买回来的。不然，可能早已经被吃了。它现在我家，过着王子一般的生活，对我可好了，我回来，它会到门口迎接我。

我在北京天天看你博客，我说——看你说每天在大理又吃啥了，又怎么看云啦，又怎么晒太阳啦。

朋友说，我也经常看过去写的博客，提醒自己珍惜现在……那是好遥远的事了。过去跟现在，就像在两个世界。那个时候在北京，太忙了，整天就是烦躁和压抑，用什么办法都摆脱不了。每天有至少5件让人着急上火的事情发生，每个月至少心情极度糟糕一次。直到去年，我父亲去世了。我开始思考，人生无常，我剩下的生命，究竟应该怎么过？还有我的母亲，她只有我一个亲人了。过去，我一个人在北京打拼，她有我父亲陪伴，我很少会想得到，她有一天，会如此依赖我。

我决定，将我的余生，和我母亲一起度过，再不分开了。我需要把我们弄到一个干净的、安静的、舒服的地方去，去过点儿最简单的、最基本的生活。

然后我就辞职，和母亲来大理了。

母亲很适应这里的生活，基本上不需要什么过渡期。她比我先知道菜市场和广场在哪里，还学会了用腊肉和新鲜蚕豆掺在一起控饭，有一天，她还主动要求我给她买一支防晒霜。她在这个阳台种了青菜和小葱，还买了一个石头做的大猪槽回来养锦鲤。这些游来游去的鱼，让她每天心情愉快。我现在的胃，比在北京的时候好多了，每天都吃我妈做的新鲜饭菜……

她不舒服了，我给她端水、做饭。我男友过来了，她会出去跳舞。

我做了一个大书柜，买了好多书回来，拉了一个大单子，把这些年一直想看但没有时间看的书，都看个遍。如果有事，我还会回北京去，但是事情一办完，我就迫不及待地想往大理回。现在北京越来越堵了，堵在三环，2公里开一个半小时，太令人崩溃了！

来大理以后，我看着自己变了。

但是，这并没有什么。

我不是特殊的。与我有相同经历的人太多了。谁过去没有一份很牛的工作？谁没有走遍大江南北？谁没有被压得透不过来气？谁没有经历了精神受难，失去方向，然后最终想明白了，选择了自己想要的生活？在大理，就没有牛人，大家都是远道而来、停下来、生活下来的普通人。

她还说，我们打算再养一只大狗，不过要等过了今年冬天再说。这里的冬天非常冷。在家里必须缩在被窝里，但是只要一走出去，身体接触到了阳光，马上就能暖和过来。

这时候，她妈妈过来，笑眯眯地端了两碗醪糟糖水给我们。

我端着热气腾腾的糖水，从玻璃房望出去，雨水中，洱海清晰可见，黑压压的一片。

喝完了醪糟糖水，我起身告辞。

她母亲留我吃晚饭，我说不了，我妈还在客栈等我呢。

你是孝顺女儿，带妈妈出来旅游。她母亲对我温柔地一笑。

朋友从卧室里取出一个大耳环送给我。说是她自己做的。我一看，各种五颜六色的小珠子和银片，拿在手里就叮当响，更不用说戴在耳朵上。

很喜欢，连声感谢。

那天晚上，下了一场大暴雨，打雷闪电，惊心动魄。

我被惊醒，母亲在熟睡之中，丝毫没有察觉。

空气带着细碎的水珠子。一种好浓的、在异乡的感觉。

我心里有湿润的东西泛起。

起来，独坐了一会儿。

夜雨，让人舍不得睡，又怕太清醒，怕情绪泛滥。

第二天，凉爽宜人。苍山云雾缭绕。

我和母亲坐缆车上了苍山。

站在山上，经过大雨的洗刷，空气更加透明，整个世界清晰可见。洱海，显得特别蓝。

在山腰的栈道，我们沉默地，踩着脚下被雨水打落的树叶，静悄悄地，穿行在急速变幻的空气里。

俯瞰大理城。看暴风雨后的宁静与祥和。

离开大理的前一天，赶上了居住在大理的人自发组织的公益“二手市集”。

各种各样居住在大理的人，拿出自己的闲置，摆摊儿，或者卖自己的手艺，然后把收入的钱，买矿泉水，捐给今年受旱灾严重的乡镇。

什么都有，背包、玩具、望远镜、手表、围巾、乐器、旧皮箱、书籍。全是好玩意儿！价格几元到几十元不等。还有街头行为艺术表演。

我们兴致勃勃，在各种小摊儿前转来转去。

母亲花了 2 块钱买了一条围巾。

她还投了 2 块钱给坐在地上抱着箱琴唱歌的小伙子，真心地对人家说，你唱得比电视里的歌手好！

我花 10 块钱买了一个望远镜。

附近的农民也来参加，挽着小竹筐，卖自己家种的新鲜水果。

要不是还要继续上路，行李箱已经爆满，估计还得买好多。

大理，距离我家 756 公里。我和母亲在这里住了 4 天。

我们坐下午的飞机离开大理。

暮色四合，一切归于沉寂。

我们的飞机刺破云层，飞向昆明。

我知道，云下面，雨又来了。

Chapter 05

小旅馆

我从来不觉得，
旅馆只是一个睡觉的地方而已。

非常乐意住那种有大阳台或者大露台的小旅馆。
在那里晒太阳最舒服不过了。

在路上，对住，是有要求的。

首先旅馆的安全要有保证。

交通便利也很重要。如果背着包走上 30 分钟才能见到大路，才能坐上车的地方，不会去住。

然后就是床。软的、硬的，都可以睡。但是，一定要干净。枕头可以是棉的，也可以是荞麦的，但上面一定不要有来路不明的无法洗净的污渍。

洗澡的地方，可以是单独的，也可以是公用的。

一次性的牙膏、牙刷有没有都 OK。

房间在地上地下都 OK。

电视机有没有都 OK。

有没有窗户，也都 OK——但是如果是跟我母亲一起旅行，房间一定要有窗户。

拖鞋也可有可无。事实上很多客栈酒店备的一次性拖鞋非常不好穿，轻飘飘的，套在脚上就跟没穿一样，而且踩在有水的卫生间里，必须要小心再小心，不然就会滑一大跤。我们一般都会自己带一双拖鞋式样的凉鞋，夏天下雨了，还可以穿出去。

很多时候，我希望能住上一间隔音的房子。但是，这个不是我可以控制的。当我在前台领到房间钥匙时，那种感觉就像抽奖一样。如果有一天，我住进去的房间恰好一点儿都听不见隔壁的说话、扯呼、吵架、电视剧，甚至做爱的声音，那么我就会像抽到大奖一样高兴。

这些年来，我的中奖比例，在30%左右。

我曾住过一个小旅馆，墙壁就是粉刷过白漆的木板，隔壁住两个上了年纪的大姐，聊天聊到凌晨5点，整个晚上都在说另外一个女人的坏话。我一夜没睡。

我很懒，一般不爱用房间里的衣架子，衣服脱了，就随便往桌子或者沙发上一扔。这样很方便，在离开那天，只需要5分钟，就能打好包走人。

浴缸从来不用。

冰箱里的东西也从来不喝，肯定比外面商店里的贵。

很在意马桶干净不干净。一般会带一瓶在屈臣氏买的免洗消毒洗手液，倒在纸巾上把马桶圈擦一遍再用。这瓶小小的液体体积不大，不贵，很管用。

如果房间里是暖色调的灯光，那非常好。

如果卫生间里的洗澡花洒可以喷出大大的水花，水还稍微有点儿烫，那就超级棒了！

这次带我母亲旅行，我们住过最好的小旅馆，在杭州，小山上，绿植成荫，老式家具，两只爱睡觉的猫。还有小小的院子和聚满行者的酒吧。

我们住过最差的小旅馆，在香港，尖沙咀。从一个小巷道里进去，坐老式闷热的只能站 4 个人的小电梯上楼。房间没有窗户，只有一部空调和一张桌子，门厚得枪都打不穿。空气污浊，就像一个监牢。

我爱吃小旅馆提供的早餐，一般都是老板亲手做的，要比大酒店的早餐精巧。但如果我想要睡懒觉，我会断然舍弃掉那一顿，哪怕是免费的。

我非常乐意住那种有大阳台或者大露台的小旅馆，在那里晒太阳最舒服不过了。

我从来不觉得，旅馆只是一个睡觉的地方而已。

它也是旅行中的重要“景点”。

到了一个陌生的地方，如果遭遇风雨，或者景色不尽如人意，或者太过疲倦劳累，那还不如待在旅馆里面，酣畅地洗个热水澡，然后找个地方闲坐，和同住一个小院的客人聊聊天，要么就是睡个觉！

小旅馆里也会有很多艳遇，相对来说，要比在酒吧里遇见的，靠谱一些。

东游西荡的人，会很容易把暂居的地方也当作家。

就像我，如果在一个小旅馆住 3 天以上，那么离开的时候，就会像离开家一样，依依不舍。

Chapter **06**

谁也没有权利说
别人在浪费人生

生活，实实在在就好。

没有谁好谁坏，这就是生活。

和母亲聊天，说到当年我都已经从乡下调到了县委宣传部，但我仍然选择了辞职。

她说，如果当时我选择了那条路，可能今天会是另一个样子。

也许开始当官了呢。

当官?

我不敢想象。

那种每天都一样的节奏和内容的生活，能坚持多久？也许有仕途。可是说假话和空话、喝酒应酬的生活，会不会把自己变成一个连自己都非常不喜欢的人，最终麻木。

今天，和昨天一样；明天，重复着今天。

一眼可以看到20年后的自己的生活，真的值得去过吗?

我希望自己慢慢地一路走过去，不向世俗的道理低头，看看有什么新鲜的生活可以过。

和一成不变相比，我更向往未知。

但是，母亲说：

你也不能完全否认一成不变的生活。

有很多很多人都是这么过的，用自己的方式，他们有他们的快乐。

有的人，为了改变，才承受一成不变。你不要忽略他们内心的希望。那是可以随时爆裂的种子。

更有很多人，是因为责任，才选择不变。你尤其不能忽略这点。

在你说别人浑浑噩噩的时候，想想自己，真的那么清醒吗?

没有谁好谁坏，这就是生活。

有的人，他们的生活在你眼里很平淡，但他可能有一项很出色的爱好，比如书法、养植物。只一件事情，他无比专注，注入心血，完全享受其中，他也是一个幸福的人。

在家乡的小县城，有很多人，他们日复一日地工作，下班买菜、做饭，晚上看电视、打麻将，他们并不觉得自己平庸。他们安安稳稳，在最卑微的生活里找得到乐趣。所以你不能说他们消极，说他们在浪费人生。

在他们的眼里，可能你的不安定和未知，是值得同情的。

安定有安定的幸福，将来，也许你会明白这一点。

即便你一辈子动荡，也没有关系。

生活，实实在在的就好。

同样，别人也不应该说你在浪费人生。

Chapter *07*

腾冲

温泉火山翡翠城。

『山高高不过脚板，路长长不过马帮……』

——腾冲民谣

在经过 40分钟上蹿下跳惊险的飞行之后，我们几乎是擦着山头，降落在腾冲机场。

在飞机上，就能看到，这个森林覆盖率达70%的边境小城，果然名不虚传。

到处都是绿色的。

这里我曾来过，住在令人一见难忘的古朴小镇，那里人杰地灵，文化厚重，四季如春。

我要带母亲去这个安静悠闲的古镇住两天，去爬爬火山，再去泡泡温泉。

徐霞客曾经称腾冲为“极边第一城”，在他一生的游历当中，腾冲是西南方向走得最远的地方。

这里确实够远的。在过去，从昆明到这里，要转好几趟车，而且路况不好，这导致很多背包客知道这里，却因为路途遥远而放弃了行程。

直到前几年，驼峰机场重新开张。

那些听说过腾冲好的人，都来了。

那些来过腾冲还想来的人，毫不犹豫地，又来了。

一下飞机，就感觉这里很热。

这是一个炽热之城！在 1 万年前，地球两个板块激烈碰撞。一时间，就在这个地方，99 座火山一齐爆发，火光冲天，岩浆喷涌，天地一片混沌。

等浓雾和火山灰消停以后，山河重组。

一个叫腾冲的地方，因此得名。

几千年后，一座座睡眠中的火山长出了浓密的森林，森林里出现了道路，路上，出现了马帮。

一代又一代的赶马人，一步又一步，风餐露宿在高黎贡山上，在那里踩出了一条路。这条路通往缅甸、印度，又从那里通往欧洲。他们运出茶叶和丝绸，带回来钟表、香料和药品……这条路，被称作西南丝绸之路。

明朝的时候，腾冲是边疆重镇，戍边的将士来到这里，带来中原的习俗和语言文字，沿袭至今。所以，云南虽然少数民族多，但就数腾冲的汉文化最显著、浓郁。这一点，在散落在腾冲的一个又一个的祠堂里，就能看到。不同的祠堂里面，记录着不同家族的每一个族人的名字，每一个族人都可以去翻看，看到自己的祖上是从哪里来的。

腾冲人，活得传统，活得有根有源。

腾冲县城的入口，立着“天下腾冲，世界和顺”的标语。

我和母亲直接租车去了和顺古镇。

古镇要收门票。门票已经从前几年的 30 元，涨到了 80 元。

80 元确实太贵了。

有几个妇女在门口围住我们，说可以给她 50 元，她带我们绕路进去。

我打算买，但是母亲不太敢相信，所以，还是买了票。

那些妇女失望地跟了我们几步，追问要不要温泉和火山门票，无果，就散开了。

进了古镇，一下就清净多了。

古镇的安逸富足、宁静与祥和在眼前铺开。

稻田、水井、斑驳的墙壁。青瓦民居，层层叠叠。

村落安静。阳光充足。植物茂盛。

这里保存着完好的传统文化和建筑，随便走进一条僻静幽深的小巷子，就可以看到明清时期的祠堂和牌坊、上百年的老树。老宅一般都有天井，屋檐上雕琢着奇花异草或生动鸟兽，家里摆着古桌，挂着字画，还有海外运回的家具和钟表物件。

天井的木柱子上，挂着铃铛、马鞍等东西，又提示人们，这里的主人曾经走南闯北。

那些走得远的人，从没有忘记故乡。

当地人喜欢在家里种树养花，墙壁上爬满了三角梅或者牵牛花。阳台上，或者窗台上摆着大簇大簇的兰花。

和顺人是很富裕的，家家都有出国淘金的人，赚了钱，都往家寄。

所以，留守在家里的和顺女人有一种不慌不忙的气质，有栽鲜花、种绿草的闲情逸致。

沿着石板路走，找到了我曾经住过的李姐的家。

她那里，已经变成了一个很大的青年客栈。

石头围墙，简陋木门还没有变。门口多了一个池塘，有鸭子在里面游泳。

一个小孩坐在门前吃花生。

我问他，小娃儿，李姐呢？

小孩手捏着花生，扭过头，大喊了一声，妈——

上次来，李姐还是一个爱打麻将的单身女人，现在，她已经有家了！

我由衷地高兴！

李姐笑嘻嘻地跑出来。

她给我们安排了上次我住过的、上厕所最方便的 202 房间。三张床的，她说，就不给你们安排别人了！

出门的时候，她特意又回头交代了一句：厨房还在那里，你想用就随便。

噢，看来，她还记得我曾经住在她家里，烧的那几顿超常发挥的午饭。

我和母亲在小镇里信步闲行。

遇见图书馆和祠堂，还有一条小河，河上有个洗菜亭。有女人蹲在那里洗菜，河上的鹅儿游过来，捡菜吃，一点儿也不怕人。

和顺图书馆，是这个小镇最值得去的地方之一。

它是中国最大的乡镇图书馆。里面有 6 万多册馆藏图书，还有不少古籍。

馆里郁郁葱葱，挂着胡适大师的题字。

看到那么多书，心里就高兴。

我建议母亲坐下来看看杂志，我看看书。

但是，屁股还没坐热，就进来两个游客。一男一女，像是情侣。男的举着相机给我们照相。然后那个女的也来了，直接把镜头对着我。

他们还没拍完，又进来几个挂着相机的游客……

我一下就失去了读书的愿望。

我和母亲决定离开。

回头看那两位，女孩拿起本书，靠在架子上，做看书状，男的在给她摄影留念。

从图书馆出来，我们溜达到一棵大银杏树下，石凳子，石桌子，几个光膀子男人在那里打牌，大瓷缸里的茶早就凉了。

母亲观察了一下他们手中的扑克组合，由衷感叹说，走到哪里，都有人斗地主啊！

现在是淡季，游客不多。这里的村民也比较淡然，游客你们玩你们的，我们忙我们自己的。老人照旧在树下喝茶、下棋，女人照旧在门口晒辣椒、豆干，小孩子照旧趴在门口写作业。

到了中午，我们遇见的狗和鸭子都在打盹。

我也有点儿困了，就建议回去休息一会儿。

于是，我们又回去睡了一个悠长的午觉。

睡到日影西斜，家家窗口都飘出饭香。我们醒了。

去问李姐哪家小馆的饭菜好吃。

李姐给我们指了一个方向，特意交代：找到稻田中的路，从那儿走，近一些！

我们从稻田中穿过。

稻田正在放水，汩汩清泉被沟渠引到了田里，母亲看着冒着气泡的田，突然说，这个季节，是不是正好是吃鳝鱼和泥鳅的时候了？

小馆子，其实就是一棵大树下木板搭的棚子。

那是一棵古老的树。瘦骨嶙峋，却精气神十足。

棚子里面摆了几张低矮的木桌和竹椅子。

炒菜的，是一个大叔，择菜、洗碗和接待客人的，是一个大婶儿。

我们点了一盘炒鳝鱼、一碗白果炖鸡，还要了一个沾水青菜。

菜点完了，我听见大叔指挥大婶儿，去地里砍两棵菜！

不一会儿，菜就全上桌了。

鸡汤颜色好看，肉嫩味鲜。一口热汤下去，浓郁的香味和美妙的口感让人心满意足。

鳝鱼是刚从田里抓回来的，滚了一点儿小粉，炒出来紧实脆嫩。

我母亲更倾心于那盘沾水青菜的“沾水”。其实就是火烧干辣椒。把大管的红辣椒晒干后，放进柴火堆里烧，迅速放进去，迅速取出来。辣椒表面变煳以后，就会发出呛人的香味。香脆可口，掰开，放进小碗，加入小葱大蒜末儿、盐，再加入泉水。

煮一碗刚从地里砍回来的白水青菜，沾这碗辣椒。就是简单之极的美味！

我一边吃，一边指着远方告诉母亲，我有一个朋友，前几年花了 15 万在这里买了一个老宅，简单装修了一下，面对一大片稻田，风景好极了！他每年都会来住一段时间。

15 万？很便宜啊！母亲说。

现在可能买不着了。

肯定的。

我们不能免俗地又讨论起了房价。

我母亲认为，如果真能十几万在这样的地方买一个房子，那何苦生活在大都市？

她至今不能理解，用一生去还款，在城市里供一个房子的生活方式。

“有那么多钱，做什么不好呢？”

吃完饭出来，我们沿着稻田往回走。

这里地理偏南，晚上8点才天黑。

晚霞满天，风里有让人惆怅的东西。

母亲说，记得年少时，我喜欢打着赤脚，走在田坎上。

路，伸展在阳光下。

路边的每一种植物，我都认识。

一只鸟，也走在田坎上。

太阳，像一个急欲离开的旅人。

说走就走了。

整个小镇，亮起了灯。

夜气渐凉。

晚上睡觉，我听见了狗叫。

狗叫，更加衬托出空中的寂静。

第二天一醒，觉得肚子好饿。

第一句话就是，妈，我们去吃饵丝。

早点摊子都在菜市附近，我们一路游荡过去。

新鲜的菜薹、茄子、萝卜、南瓜都摆在地上。

烧过的猪脚，洗得干干净净，摆得整整齐齐，等着人来买。

一个拎着竹篮子的妇人，里面是刚摘的西红柿，红色的果实，一个个胖头胖脑，排队坐在那里。

还没到饵丝摊，就看到有人在蒸包子卖。

有红糖的没有？我问。

有。

多少钱？

1 块。

买一个。

好久没有吃红糖包子了！我馋到不行。

接过滚烫的包子，包子冒出甜香热气。

迫不及待地掰开烫手的面，里面的糖水就滋啦流淌出来，直烫手指头。递一半给母亲，赶快大大咬一口。满嘴的糖香。

把沾满糖汁的指头放进嘴里，心里感到快乐。

早点摊上，母亲要了一碗粑肉饵丝，我临时改变主意，要了一碗稀豆粉。

因为这样，我就又可以在我母亲碗里吃到饵丝，又可以吃到稀豆粉了！

稀豆粉，用豌豆磨浆、过滤，然后煮成墨绿色的稀糊糊。盛一碗，浇入酱油、芝麻、姜、油辣椒、花椒油、蒜泥、香菜。就着烤饵块或者油条最好吃！

这顿早餐，吃得好饱。

放下筷子，心满意足，马上开始期待明天早上的到来！

腾冲人喜欢把火山形容为锅。

“好个腾越州，十山九无头。”

在这里，你只要放眼望去，只要看见无头的山，那就是火山。

腾冲有四十几座火山，它们都处于休眠期。

最有名的，是大空山、小空山。

我和母亲徒步上山，搭乘热气球，从天上俯瞰。

大地上，摆着十几口大锅。大小空山离我们最近，并排着，山顶凹陷，就像是放在天地间的两口绿色巨锅。

母亲说，噢，原来火山是这样的！

从热气球上下来，我们在大空山顶行走。

放眼一看，好大的一个坑！

火山口，直径有百米。

大概有 70 米深。

坑沿长着矮小的松树和灌木，往下就荒草丛生。

我们一路盘旋，走到坑底。路上遇到两头觅草的牛。

坑底比较平。

除了野草，还有细碎的小野花，植被下有裸露的火山熔岩，散发着远古气息。

我捡到一小块黑灰色的火山石，这种石头有很多小洞，质量很轻，但十分坚硬，被很多人捡回家去洗澡搓皮。

不敢想象，在几百年前，这里如何岩浆冲天，惊天动地。

腾冲的火山上一次喷发是在几百年前。

下一次什么时候，无法预测。

走在这坑底，似乎听见了这座火山在沉睡中的呼吸声。

等候爆发的沉睡。充满力量的寂静。

爬完火山回到客栈，我和母亲感到疲倦。

李姐来敲门，邀请我们去吃她做的腾冲土锅子。

这么有口福呀！

马上又来了精神。

就摆在院子里吃的。一个大大的铜火锅，里面烧着红红的木炭。

满满一锅，好不热闹。

一揭开锅盖，冒出白烟，浓郁的肉香飘出来。

各种菜肴摆在锅内，快要满出来了！

从内到外，先是熬汤的鸡块，鸡块外面是芋头和地瓜，地瓜外面是蘑菇，蘑菇外面是蚕豆和青笋，青笋外面是酥肉，酥肉外面是蛋卷。层层美食吸饱了浓汤，等着我们动筷子。

我最喜欢蛋卷和蚕豆。蛋卷是用蛋皮包着鲜肉卷起来再切的家乡美食，好多年都没吃到了。蚕豆在锅内吸饱了各种食材的精华，粉粉面面的，用筷子夹要小心，一不小心就会碎掉。

我们又大吃了一顿。

泡温泉的日子，终于来了！

"热海"地质公园，距离腾冲县城20公里，在一个深深的山谷里。

那里，四季都白汽冲天，泉水呼呼喷涌。

沿着火山石堆砌的石阶，我们慢慢往下走。绿树丛中，热气腾腾，弥漫着温润的气息。

这里有80多个大的温泉。达到90℃以上的，有10个。

热海大滚锅，就是最著名的那一个！直径3米，深1.5米，水温在97℃。日夜沸腾，不休不止。站在远处，都能感觉到那股逼人的热气。有农民在大滚锅旁边兜售用草绳编成串的鸡蛋、土豆和花生。

我们买了一串鸡蛋和一串花生。放进滚滚泉水的出气口，几分钟就熟了。

敲开蛋壳，蛋白如凝脂。鸡蛋还流着黄心儿，鲜嫩可口，美味至极。

然后，我们跟着一个旅行团的尾巴，去参观了会发出"噗噗"声响的泉、会掀起10多米高的气浪的"蛤蟆吐水"。还去看了一个会作画的温泉，泉水在岩石上流淌而过，岩壁上留下各种深浅的黄色和绿色的痕迹，色彩明亮，纹路怪异，作这样一幅画的时间，是天长日久。

母亲兴趣盎然地想再走走看看，但是我已经不想再参观了！

我只想马上下水！

拉她去换上泳衣，一起溜进了一个有40多摄氏度的大池子里。

置身于温泉泉水之中，马上感到满心的快慰！

何况在这里，在大山环抱之中。

这个池子，云蒸雾罩，温柔低调，就如把人抱在怀中，很快，全身就被蒸得酥软。

泡得差不多，就起来喝点儿水，走动走动。

走在山林间，水雾蒸腾，亦幻亦真，仿佛走入迷离之境。

走凉了，又换一个池子泡一泡。

第二个池子锋芒毕露，泉水从泉眼奔涌而出，咕嘟咕嘟，按摩、敲打个不停，非常解乏。

就那样，在山林掩映之中，享受温润的时光。累了，就闭上眼睛，听温泉咕咕喷涌，听野鸟飞过。有些犯困，就起来，盖上毛巾，躺在竹席上睡一觉。

泡完温泉，去县城一家著名的餐馆吃饭。

在外面看了半天池塘里的锦鲤。

刚点上菜，饭庄里的皮影戏开场了。

一个小小的戏台，用木板和幕布搭成。

方寸之间，演出了一场“大救驾”。

故事简单俗套，和“珍珠翡翠白玉汤”一样，就是老百姓想方设法做出好吃的，救了皇帝。

我们也点了“大救驾”，确实好吃。火腿、西红柿、鸡蛋、香菇和绿叶菜，放点酱，炒一盘饵块就是大救驾。在北京也吃过云南餐馆的“大救驾”，做得再精致，味道也不如在这里吃到的，可能跟做饵块的米和水有关系。“大救驾”和“青龙过海汤”是绝配，后者其实就是腌菜汤，酸辣可口。

最令母亲称赞的，是一碗雪白的鹅油拌饭。白米饭，撒上盐和鹅油，略微搅拌，又滑又香。

表演结束，好奇心重的小孩子们，推推攘攘地，纷纷跑到幕后去看那后面究竟是什么东西。

有人上来向我们推销翡翠手镯。说这只价值连城，卖给我们只需要一千块。又说那一只世界绝无仅有，只需要几百块。

我们不懂，不敢买。

我对母亲说，这里到缅甸只需要两个多小时。缅甸是世界上最大的翡翠毛料产地，所以，腾冲到处是加工厂和珠宝城。又听说，腾冲遍地是翡翠。只要镇子里有老房子拆迁，就会有许多人到那里去候着，希望能捡到祖先们盖在房子里、埋在地下的“边角料”。据说县城大面积拆旧房的时代，房主往往只会付给盖房工人一半的价钱，另一半，你们去地下挖吧！有可能，挖到的翡翠价值连城，远远超过了他的工钱！腾冲街上有很多挂着“赌石”牌子的珠宝店。花三四百块钱，开一块翡翠原石。是翡翠，但是不一定是最好的。

游客来“赌一把”，就是图一乐。

离开腾冲那天，还有一点儿时间，我们背着行李，去了北海湿地。

我母亲眼前一亮。我知道她看见了鸢尾花。

这里是个甜美的地方。

让人眷恋流连。

搭建在湿地上的木头栈道上，两边是紫色的鸢尾花，大片大片地开着，看不到边际。

母亲看得满心欢喜。

天空向我们敞开怀抱。蓝得像个谜。

远处山影淡淡。

有人划着猪槽船在湖光山色间。

我们躺在花中间的木头栈道上，看空中的飞鸟，谁也不说话。时间，就像凝固了一样。

就这样待了几个小时。

我们就躺在那里，看太阳是如何在空中行走的。

夕阳下，我们往回走。

该去机场了。

盛开的鸢尾花，在风中摇晃。

它们都是快乐的花朵。

颤抖的花叶。简单的心。

旅行的美妙，就在于这一瞬间，迈动的脚步和眼前看见的一切，内心突然涌上来无限的宁静和美好。

Chapter **08**

他们在吃东西

她听见锅儿整得响。

看他们吃，吃完，把碗洗了。
然后她就倒在铺里面睡了。

我妈说，关于六七岁时候的事情，她还记得好多！一个就是饿，好像永远都吃不饱。

小孩子偏偏又好吃得很。所以，她喜欢去一个五保户婆婆家耍。那个年代，无依无靠的人，反倒受到优待，集体出产了点儿啥，都给她送去。祖祖也教我妈：对老的要恭敬，去帮婆婆做事情，吃她的剩菜剩饭，不要嫌弃脏。

我妈去帮婆婆挑水，婆婆拿东西给我妈吃，我妈就一点儿都不怕脏，哪怕是从嘴巴里面拿出来的，也跟着吃。

那个婆婆现在都还在，快 100 岁了。

祖祖在集体管马，马拉磨推麦子。然后人工来踩，出面粉。

和祖祖一起管马的，还有个陈公公。我妈小时候，也喜欢去他家耍。

喜欢去的地方，似乎都跟吃有关。

陈公公家点桐油灯，铜碗碗，灯草芯。

我妈的小伙伴抓了几只耗子来，杀了，剥皮，放在桐油灯碗里，烧起火，整耗子肉吃。

啊！我听得惊到了。

我妈回忆说，耗子肉是酸的，不好吃。但是太馋了，好歹也是肉。

她看我一脸惊恐，安慰我说，没事，耗子吃粮食的。

还有一个关于吃的记忆，说起来，我妈脸上泛起梦一般朦胧的神情。

有天晚上，祖祖和几个亲戚在火炉边聊天。我妈抱着一只猫儿，就围在火炉边，她不想去睡，就想守着他们聊天，趴着趴着，就睡着了。等她醒了，发现自己已经被抱到了床上，她突然听见锅儿整得响，就跪起来，趴在窗子跟前看——他们正在做藕粉吃！

他们在吃东西——我妈心里想吃得很，但是不好意思开口说话。就那么一直趴在那儿，透过微弱的桐油灯光，在锅里蒸起的水雾和墙角拉扯的蜘蛛网之间，看他们吃，吃完，把碗洗了。

然后她就倒在铺里面睡了。

不知道为什么，这个记忆，特别深刻。我妈说。

Chapter **09**

独自上路的女人

勇敢上路的女人，
不要害怕，不要后悔。

**就算带着永恒的伤口，
至少我还拥有自由。**

我对母亲说，每一次，在路途中遇见一个背着包独自行走的女人，我总会忍不住回头看她。看她，就像是在看另一个自己。

在腾冲，李姐的青年旅馆。我们遇见了独自在路上的欣。

她在李姐那里做义工。

李姐给她提供免费的住宿，一日三餐，每月还有500元的薪水。

她家在江西。

已经有两年没回去了。

她说，很害怕回家。

每一年回去，看见同学和朋友都嫁人成家，带着孩子，有车有房。

自己已然是一个一无所有的大龄青年。

她妈都不好意思带着她上街。被人“关心”问起的时候，她妈的脸色很难看。

我想她妈是受不了自己的女儿，被人以奇怪的眼光来打量。

我行我素是需要付出代价的。

她有压力。

在某个夜晚辗转反侧，无法入眠。

曾经，她是一个建筑师。毕业于著名的大学，在公司里待遇不错。

谈过一个男朋友，见了家长，都在商量去领证了。

他劈腿了。

后来她很轻易就辞职了。原因是心里有一个远行的梦，想趁着年轻，去实现它。

当时想，走了，疗好心里的伤，回来再找工作也不迟。

谁知道，旅行是会上瘾的。

一走，就不想再停下来。

她太迷醉于在路上的感觉了。

因为钱少，一路上很节省。硬座、搭车、面包、矿泉水。在火车站睡过很多次，那里很温暖。到了一个地方，实在没有钱了，就留下来打一段时间的工。

她从不记游记。

也很少拍照片。

带的相机很老很老，像素很低，也不太会照相。有时候，把景色看进眼里就行了，懒得再把相机掏出来。

在路上，她会遇见很多志同道合的人，有很多都会留下联系方式。但是只有很少的会再联系，再联系的人中，也只有极少的几个人会一直保持着联络。这几年，他们传来的消息，无非也还是回到了城市，稳定下来，结婚生子。

还有一位曾经同行的朋友，现在成了畅销书作家。他把一路的所见所闻写进了书里。书火了。

她依然是默默无闻的旅行者。

穷困，但不潦倒。

畅销书作家在网上跟她聊天，说，有一天，他在三亚晒太阳，突然接到出版社编辑给他打的电话。编辑说，该给他付版税了。然后编辑说了一个数字，把他吓了好大一跳！

他建议她也写点什么。

但她写不出来。

她惯于用自己的方式去行走。

只知道这样的生活，她很享受，要她一边走，一边记，还要总结它的意义，对她来说，很难！

这几年，在路上谈过几次恋爱。

起始无限好，结局太伤感。

萍水相逢，很难有承诺。

最难的是分别时刻。心痛得要死掉。但是，因为道路不同，只能挥手道别。

那些在旅途中遇见一个人，终成眷属的故事，也有发生。

但那不是属于她的故事。

现在，她累了，对路上的爱情，不再抱什么幻想。

背包走路，不再东张西望，只低头看路。

欣今年刚好 30 岁。

现在在腾冲做义工。喜欢这里。很安静、舒服，就想多停留一段时间。

下一站会去柬埔寨。

春节，会回家。

她说，回家前，会给自己买两件像样的漂亮衣服，穿着回去——这一年，真的是一件新衣服都没有买！

今年，她需要给父母一个承诺：这样的生活什么时候是个结束！

她还没想好，可能是明年，也可能是后年。

只是不想让他们再担心了。

也许会选择回到家乡，跟他们一起生活。

当有人再问起他们的时候，他们可以骄傲地说，她走过了很多很多地方——现在在我们身边。

但是，她非常担心。

不知道还能不能找到一个能让他们骄傲的工作。

她已经有 6 年没有去单位上过班了。

放弃了很多，跟不上社会的步伐。

现在经济不景气，工作很不好找。不知道回去以后，在那个小城市，什么样的单位和职位能接纳她？会不会嫌她年纪大？

义无反顾地上路，要付出世俗意义上的代价。

有人觉得她的青春过得值，有人觉得她浪费了它。

她经常问自己：后悔吗？

大多数时候，不后悔。

选择了这种生活，就不能选择那种。

每一种生活都有要承受的压力和痛苦。

就算她一再孤独、忍受不安全感、被人误解、受伤。

但至少，她还拥有自由。

Chapter 10

雨崩

徒步隐秘之地。

「要进入香格里拉，必须首先修炼自己的精神……」

——《消失的地平线》

2009 年 我去过一次雨崩，回去给母亲讲述了那个“世外桃源”一样的地方：雪山、冰川、森林、田野、村庄、湖泊、索玛、星星、瀑布、寺院。遥远而又神秘。雪山脚下生活的人，有着纯洁而强大的信仰。

这次到了云南，母亲提出想去香格里拉看看。

刚开始我很犹豫，有各种担心，担心她的体力，担心她有高原反应，担心她吃不惯藏餐、喝不惯酥油茶，担心徒步一路艰险。担心她身体有恙，路上犯了怎么办。

一再问她，觉得自己的身体行还是不行？

行！不去怎么知道？再说，走路，你可走不过我！母亲非常有信心。

于是就订了机票。

由于是临时决定，我们没有带任何户外装备。

只有一双舒服的鞋子。

只定了简单的路线：徒步雨崩！

然后我们从昆明飞到了香格里拉县城。

在昆明机场办理登机，特意为母亲选了位置。

要坐靠窗的位置，不能坐在翅膀上。要能拉开窗板，就看得见大朵大朵的云躺在天空下。

在香格里拉的上空，云，好像是天地之间的河流。奔腾不息，变幻万千。

靠窗的位置很晒，但母亲一直趴在窗前，俯瞰下面的千层云浪。

空姐送来了饮料和餐食。

吃午饭了，妈。

不忙，我再拍两张。

从中甸机场出来，就看到家庭旅馆找的司机举着我们的名字在外面等。

司机叫扎西，开朗外向，健谈得很，汉语说得不错。一路跟我们讲，来这里要注意什么，哪些地方一定要去，哪些景点“门口全是旅行社大车的，就不用进去了，没意思”。

半个多小时以后，到了旅馆。

家庭旅馆，两层小木楼，一个小院子，院子的墙上写满了客人的留言。

60 元 / 人。24 小时热水，有洗衣机，还有免费 Wi-Fi。

床铺非常干净，有点儿硬，但合我母亲心意。

窗台上花瓶里的野花开得正好。

公用洗澡间，光线很暗，我一推门进去，一个男人光溜溜地端着盆子就从淋浴间出来了，浑身挂着水。

我吓了一跳。

他也吓了一跳，连连跟我道歉。

没关系，我说着走进一个淋浴间。

身材不错。

洗完澡出来，客厅里的饭做好了。

见到了做饭的小哥，也是这个客栈的老板。

一大桌菜，虫草炖鸡、牛肉干巴、蒜薹炒肉、野菜汤……满满一桌，十几个住客围坐一桌，使用公筷，吃得好热闹，每人收费 15 元。

吃完饭，我和母亲出去找车。

客栈附近有个小广场，那里都是等候揽活的藏族司机。

我上去问一个司机，带我们去德钦，住一晚上，然后去西当，然后在西当等我们两天，再回香格里拉，多少钱?

他说要一千。

我说，我前几年来过一次，才 700。

那个司机气呼呼地看我一眼，不理我们了。

后来，我又去问了好几个人，他们都坚持要一千甚至更多。

这时，我看到一辆停在角落的车，司机很面熟，在车里看一本快要烂掉的杂志。

是扎西。

我上去和他打招呼，你好，扎西！

扎西从杂志上抬起头，憨然一笑，你好！

我又把路线说了一遍，问他要多少钱。

他说，1000。

我说，800。

没想到，他居然答应了。

第二天一早，我们就出发了。

离开中甸县城，沿省道一路行驶。

美丽的田园风光如画卷一样在车窗前徐徐展开。

路边有成荫的大树，还看到辽阔的草甸子，草甸子上点缀着怒放的野花。

扎西开车技术很好，听说母亲晕车，一路见坑减速，尽量保持速度平稳，见到景色好的地方，就停下来，让我们下去休息休息。

我们路过了草原，还路过很多寺庙。

扎西把车停在路边，陪我们在寺庙外面转了转，他介绍：寺庙的墙是红色的，僧人住的房子，墙是白色的。

我爱看那些寺庙建筑的顶部，涂着浓重的色彩，鲜艳、庄重，透着一种饱满的精神力量。

我们的车，从海拔 3300 米的县城一路蜿蜒盘旋，降到海拔 2000 米的金沙江河谷。

沿着河谷走了 3 个小时，到了这条路上的重镇——奔子栏。

司机把车停在一家农家餐馆门口，说，下来好好吃顿饭，后面的路，就不好走了。

餐馆的老板热情地拉过一根塑料水管，邀请我们蹲在店门口洗手。

穿过农家餐馆，去它身后的风景厕所，田地里种的各种蔬菜告诉我：奔子栏是一个气候宜人的地方。

扎西跟我们一起吃饭，菜是他点的，价廉物美，刚从地里摘回来的青辣椒炒的鸡蛋，使我记忆深刻。母亲一气儿吃下两碗饭。

吃饱点儿！吃饱点儿！山上冷得很！扎西一再强调。

吃完了饭，我们又往车里补充了一些水，就再次出发了。

从奔子栏出去 20 多公里，东竹林寺。

我们一下车，就看见一群游客长枪短炮地追逐一位牵着小孩的藏人。

“咔嚓咔嚓”。

藏人加快了脚步，他们紧紧跟随。

他们经过我身边，那个小女孩，红彤彤的脸蛋，纤尘不染的纯净眼眸。她被爷爷拉着，俏皮地躲闪镜头。过了一会儿，她又怯生生地回头看那些追逐他们的人。

扎西不建议我们进寺参观，理由是：前面正在修路，得抓紧时间走，我们搞不好会晚上才到。

于是继续前行。

这一次，我们一口气从 2200 米的奔子栏，爬到了 4200 多米的白马雪山。

气温越来越低，母亲从包里掏出衣服让我穿上。

我说不用，司机开着暖气呢。

她坚持递给我。

我说，不穿，不穿。

她说，穿上！穿上！

这是我们之间多年来最常见的对话。

一般都以我穿上作为结束。

山高路险，在冰冻的路面小心地行驶了一个多小时之后，到了白马雪山的垭口，扎西建议我们下来照相。

白马雪山，气势磅礴，刮着凛冽的风。

我母亲口吐白气，骄傲地说，看，叫你把衣服加上是对的吧！

我搂着她，帮她理着乱飞的头发，对举着相机的扎西微笑。

这时，我已经感到有些呼吸困难了。

我问母亲，你怎么样？

她说，我还好！

在海拔 4000 多米的高山顶。风汹涌极了。

母亲拿出相机，半蹲下身子。专注、坚定。忘记了风的刺骨。

翻过白马雪山，我们又开始往下走。

路过修路路段，我们停下车慢慢等，缓缓通过。

我母亲已经在车里睡着了。

天一会儿晴，一会儿阴，气温也变幻不定。

别人告诉我，从中甸到德钦，只需要 5 个小时。

但今天，我们已经走了 8 个小时了。

我们非常疲倦，沉默不语，在摇摇晃晃中一会儿睡，一会儿醒。

路遇转山磕长头的人，衣衫褴褛，表情坚定又平静，一次次对着远方五体投地，内心充满强大的力量。

经过漫长缓慢的挪动，我们终于过了修路的地方。

车又开始跑起来，我的心恢复愉快！

海拔在不断降低。天也晴了。

傍晚时候，扎西终于指着远处一片山坳里的房子说，那就是德钦了！

我们没有在德钦县城停留，直接去了飞来寺。

已经黄昏了。

飞来寺，是远观梅里雪山十三峰的最佳位置。

路两边有不少旅馆和餐吧，每一个靠窗的位置都能看见壮丽的山景。

母亲有了高原反应，头疼胸闷。

我们随便找了一家客栈住下。

然后去一个叫梅里往事的餐吧吃了一碗面条。

靠窗的位置，海拔 6740 米高的卡瓦格博峰就在眼前了。

我们看着最后一缕阳光滑过梅里卡瓦格博峰，照在千百年覆盖的积雪上，清朗明亮，格外神圣。

司机说，不是每一个人都有运气看得到卡瓦格博峰的。这是上天的厚爱啊！

吃完了饭，要了两杯茶。

有一群年轻的游客开始做起了游戏，非常吵闹。

我和母亲决定回去睡觉。

回去就睡下了。

但是我是知道的，高原反应会让人睡不着。

她很难受。但没说出来。

我就起身穿衣，出去给她买红景天口服液。上次我来，我的朋友也是这样帮我渡过难关的。

外面已经黑了。小店门口挂的灯泡微弱不堪。

幸亏我母亲带了手电。

在北京收拾行李的时候，看她装了手电出来，我还笑了她呢！

好不容易，在公路边的小店里寻觅到了红景天口服液，还买了一个小的氧气瓶。

我对那个包装可疑的红景天的功效表示怀疑。

但是，不管有没有用，都给吃上，氧气也用上。

后来，估计是氧气起了作用。母亲睡着了。

第二天，被闹钟和门口嘈杂的脚步声吵醒。

我们迅速起来，爬到客栈的楼顶。

那里已经有很多人裹着大衣，守候在观景台上了。

清晨的空气凉意入骨，梅里十三峰就在前面，影影绰绰，壮丽排开。

我没想到，扎西也披着大衣，蓬着头发爬上来了。

母亲对他说，你一年里要跑多少趟这里呀！还来看？不如多休息会儿……

他憨然一笑，不睡了，神山，怎么看都不厌。

对面，雪山还在沉睡之中。

扎西看着远方说，这座雪山，从来没有人爬上去过。因为那里住着一位女神。如果有人想去征服它，打扰了她，她会降下雪崩，造成灾难。早在1902年，有一个英国人来登卡瓦格博峰，就没有成功。抗日战争的时候，有一架美国飞

机坠落在了雪山上，40多年后，1988年，遇难飞行员的儿子带了一支登山队，想到山上找回他父亲的遗骸。但他们爬到海拔4200米的时候，就已经筋疲力尽，只好回来了。1991年，中日登山队17名队员在攀登梅里雪山时，全部失踪……梅里雪山是中国发生雪崩次数最多的雪山，是很难攀登的，它不欢迎登山者。

扎西望着远方，若有所思。

突然，一道光线划破云层，照在雪山之巅。几乎只是刹那，所有的山峰之巅被点亮了，雪山放射出夺目的金光。

整个世界，瞬间夺目了！

母亲发出震撼的惊呼。

身边顿时快门声无数。

扎西眼神坚毅，仰头看山，沉默不语。

我们继续出发。

刚开始，降低海拔。往山下走。

从飞来寺去西当温泉需要2个小时左右。

下山，过了怒吼的澜沧江，头顶上，就是明永冰川。

扎西说，明永冰川从海拔5500米的雪峰，直冲到海拔2700米的森林，有10多公里长，宽500多米。

我们从远处看见了，沟壑交错，壮观！

车到了西当温泉，就没有路了。

这里是去雨崩的出发点。

扎西留在西当等我们。

我们留了一些东西在车上，背了简单的行李，开始出发。

从西当温泉去雨崩，只有一条路。过去是马帮和朝圣者走的路，现在，有很多人选择徒步，去那个神秘的山村。

爬山，从海拔 2600 米爬到 3700 米高。

羊肠小道，崎岖难行，一路丛林茂密，山花烂漫。

有时候举步维艰。

有时候惊喜若狂。

森林茂密，氧气充足。母亲的高原反应竟然不治而愈！

但是我，却真正体会到了什么叫“身体下地狱，眼睛上天堂”。

腰酸，腿重，气喘吁吁。走不了多远，就跌坐在因为雷雨而倒下的百年大树上休息，直呼后悔没有选择骑马。

我母亲却一直在鼓励我。她趁此机会教育我：你平时锻炼得太少了！

好不容易路过一个小村庄，看见有人搭了个棚子卖酥油茶。

我赶紧扑过去，要了两碗酥油茶。

几个日本老人从山上下来了，他们装备齐全，拿着手杖，精神矍铄。

我母亲说，唉，你看，你还不如几个老人家！

确实有点儿惭愧。

酥油茶，有刺鼻的香气，喝起来也厚重浓郁。

喝完之后，买了两瓶矿泉水装在背包里，继续走向森林。

山越来越高。

看得越来越远。

人站得越高，心情会越宽敞，这是给艰苦跋涉最好的补偿。

终于，我们爬到了山顶的垭口！

垭口。海拔3700米。

视觉豁然开朗。两座雪山扑面而来。

我们进入扎满经幡的森林。

这里与天很近，阳光强烈，空气纯净透彻，云仿佛触手可及。

在这里俯瞰，就能看见大小雨崩两个村子，它们躺在雪山脚下。

河水的轰鸣……

穿过随风飞舞的经幡，有藏民拉住我们兜售冬虫夏草，那种像肉虫子一样的草根。沾满了泥巴，说是刚从山上挖下来的。15元一根。

母亲买了一点儿，说藏民去找不容易。

我们开始下山，下山的路并不好走，碎石头多，很打滑。

腿更软了。我恨不得坐着，像滑滑梯一样滑下去。

母亲明显因为年轻的时候经常走山路，在面对这样的路面时有经验得多。

一路上，她紧紧地拉着我。

头顶上，白云飘过。

往山下看，炊烟袅袅。

绿油油的山谷，坐落着藏族村落的房子。

大片青稞田，杜鹃花开得火热明亮。

我一边小心翼翼地下山，一边给我母亲讲我上次来，听马夫讲的，雨崩被发现的故事：

很久以前，雨崩还不为外人所知，没有路来这里，也没有人来过这里，地球上就像没有这个地方。

每一年夏天，在雨崩之外的西当，都有一个陌生人来借青稞种子。

这个人很讲信用，头一年借走，第二年，一定来还。

这个人从哪里来？他要回到哪里？

一个西当人对此非常好奇，就决定探个究竟。

第二年，陌生人又来了。这个西当人，在装青稞的袋子上，剪了一个小洞。把青稞借给了他。

陌生人又踏上归途了，他扛着青稞，青稞种子一路洒落，西当人一路循迹跟随。

但是，到了垭口，陌生人突然不见了。

西当人情急之下，推开了一块巨石，意外地发现了山谷里的世外桃源——雨崩。

这样的故事，没来过雨崩的人，一定不以为然。

但那一刻，面对眼前四面环山、桃花源般的美景。总觉得，那就是真的！

终于走下山了。

雪山的冰化成水，变成河，从脚下经过。

河两岸是上雨崩和下雨崩。总共有 32 户人家。上雨崩 15 户，下雨崩 17 户。整个村子有 140 多人。90% 的村民不懂汉语。女人在河边种植苦荞和青稞。男人上山牧马、打猎。

这一次跟我母亲来，弥补了我上一次来的遗憾，住进“迷失天下”客栈。因为它有个绝佳的观景大露台。

20 块一个床位。

躺在床上，就能看见雪山。

放下行李，我和母亲就坐在了露台上。

正确地说，应该是躺在那里，躺在躺椅上，泡了一壶丽江买来的茶。

我们喝茶，看着眼前的雨崩：山尖有积雪，山腰有冰川，山岩有冰瀑，山脚有密林。

正全身酸痛，还没缓过劲来。就听见一个人用四川话跟我们打招呼，切不切[①]冰瀑？

我们抬起头。

一个被晒得黑黑的小伙子正露出八颗牙对我们笑着。

这个小伙子，背了一个20公斤的包，一口气从西当走过来的。只用了4个多小时。听他这样介绍，我眼睛都瞪圆了！

他说，天色还早，要不要结伴去看冰瀑？

他指着远方。

我母亲用四川话说，走嘛！一起切！

我紧紧抓住她，说，不行了，腿太痛，走不动。

母亲说，快走哦！去了回来，晚上早点睡。

母亲一副“你不跟我去，我就自己去了”的架势。

我佩服她的体力，只好说行！

又在太阳偏西的时候动身。

先走过一座木桥。木桥下，河沟很深，水流湍急。

然后走过几户人家和农田，再穿过一个草甸子。开始进入原始森林。

森林里有冷杉、松树和杜鹃，还有厚厚的草甸。

四川小伙说，到了山上，不要吵，惹怒了山神，会雪崩。还要小心野生动物，这个山上，有岩羊，有熊、狼和獐子。

---

① 切不切：“去不去”的川渝方言发音。

说得我很紧张。

三个人，踩着残雪，沉默前行。

这是神山。

人，越接近自然，越懂得畏惧。

我们路过了几个废弃的小木屋和被雪崩压弯仍顽强活着的大树。大树长满了青苔，淹没了它的纹理。

终于，冰瀑就在眼前。

无数冰挂悬于峭壁上。也有水飘洒着落下来，水量不断变化，更多时候，像洒下来的大雾。

云雾蒸腾中，出现了彩虹。

四川小伙呜的一声，丢掉行囊，脱光了上身和外裤，跑过去沐浴，一脸的痛快淋漓。他说，这是圣水，很好的。洗去疲劳和病痛，让自己干净!

我母亲受他感染，也很冲动，被我抓住了。

我带着她到了水边，洗了洗脸，用冰凉的雪水拍一拍手臂。

可以了！这样就算数了！把你的病都洗掉！我一边拍她的胳膊，一边说。

从神瀑回到客栈，我们大吃了一顿，然后什么都没办法想，倒头就睡了。

第二天，我在叮叮当当的马铃声中醒来。一睁开眼，就闻到泥土气息。它们从门缝里钻进来。

这种味道促使我失去睡懒觉的意愿，赶快起床。

一推开门，原始森林就在眼前。

牛羊自己在草甸上吃草。

晨风冰凉。心旷神怡。

母亲还没醒，我一个人出去走走。

山谷里，弥漫着乳白色的雾。飘浮的白雾像是从山里吐出来的一样，千变万化，草甸和矮房子被薄纱一般的雾气笼罩着。

看着还没有天亮的村庄。

天空还蒙着一层灰。

但是每一秒钟，它的颜色都在变。

树丛里有鸟醒了过来，开始拍动翅膀飞起来，发出清脆的叫声。

空气逐渐透亮起来。

新的一天，已经展开。

千里之外的都市已经开始堵车。

而我，此刻，正在雪山脚下，在田野中，一个刚苏醒的村庄。

一个念经人，站在自家的露台上，虔诚地对着雪山唱起赞词，然后念着急速的祈祷，向四方的雪山拜了又拜。

我顺便参观了他家楼下的小卖铺，里面有香烟，百事可乐、鲜橙多等饮料，还有康师傅方便面和旺旺雪饼。

然后估摸着母亲应该起床了，就往回走。

进屋的时候，母亲正站在房子里梳头，用木梳子，把头发中分。

阳光透过窗户，形成一束，打在她身上。

一个黝黑俏丽的姑娘敲门进来给我们收拾房间。她手脚勤快，就是不会讲汉语。她扫地、整理床铺，只会对我们笑。

我对母亲说，吃早饭去，今天我们就在这里好好待一天，哪儿也不去，什么都不做。

然后那一天，我们就并排躺在“迷失天下”露台的躺椅上。喝茶、聊天、打盹儿。看着太阳，从天上划了个弧形。这中途我掏出手机来看了看，没有信号。又把它收起来了。

晚上，我们又在客栈好好吃了一顿晚饭。

晚饭有牛肉干巴，还有鸡汤。

吃完了晚饭，我和母亲走到了下雨崩的神瀑客栈。

那个客栈门前有个小小的草坪。

几个结伴旅行的大学生在那里烧起了篝火，弹琴唱歌。

那个男生弹的是一把破旧的吉他，我知道那把吉他，上次来的时候，也弹过它。

我和母亲受到大学生们的热烈邀请，走过去和大家围坐在一起。

跳动的火苗映红了我母亲的脸。在这个远离尘世的小村子里，她破天荒地尝了两口学生递给她的青稞酒。

大家轮流站起来唱歌。

轮到母亲了。

她毫不羞涩，站起来就唱。

尽情欢乐之后，我和母亲打着手电往回走。

山村的夜晚无比寂静。

天上的星星高远明亮。

高原的夜，寒意逼人。

寂静无边无际。

黑色的田野，被月光照亮的雪山，零星的灯火。

难怪雨崩这个名字在藏语里，是“澄明之境”，是“月光城”。

第二天，我们该回了。决定原路回西当村。

先骑马到垭口，再走回西当。

拉马的人，都是年轻的藏人，穿着朴素，不爱说话。马很听他们的话。

骑马的时候，母亲传授经验给我：身子要随着马的走动摇晃起来，这样明天屁股才不会痛！

骑到了垭口，和母亲下来小憩。她又在藏人的小摊子上买了几根冬虫夏草，还买了一包花花绿绿的水果糖。她说，送给扎西，让他带回去给孩子们吃。

我拿过母亲的相机，不停照相。

妈，你知道吗？听说雨崩要修公路了。

我看着眼前的景色，只想多照几张。

将来的雨崩就不会是现在的雨崩了。

这一次，下山的路似乎不那么难走了，我捡了一根树枝当手杖，就轻松好多！

到了西当，扎西已经在路口等我们了。

我说，扎西你一个人在这儿咋耍的？

他说，没咋耍，就是跟几个老朋友坐在一起喝酒。

回香格里拉县城的路上，我们一路都在睡觉。

天气变坏了，一路都有浓浓迷雾。

白马雪山的路，弯道很多。

扎西开得很慢，很慢。

对面突然飞速开过来一辆大货车，占的是我们的车道。

扎西猛踩了个急刹车。

车身发出尖叫，转了 90° 停下来，母亲惊醒。

我们下车，一身冷汗。

车轮已经在路的边缘了。路的下面，是峭壁深渊。

这就是旅途。

充满未知风险。

我们今天运气好。扎西在回去的路上说，晚上到家，我要好好拜一拜，感谢菩萨。

车跑在路上。

经历了一次次的海拔和气候变换之后，我们离中甸越来越近了。

天色将晚。

晚霞满天。

车窗大开着。

我坐在车里，吹着耳畔的风，愉快地对母亲说，到了中甸，我要舒舒服服洗个澡！

Chapter 11

人一生，都是没有安全感的

长大、成人、活到老，
相当，相当不容易。

她说，后半生，仍然在做那种梦，山上巨石滚落，房子要垮，她在路上，无处藏身。

母亲说，这一生，都是没有安全感的。

她小时候生活的小镇，一面临着随时涨水的江，一面挨着山。下雨之后，雨水把山石松动了，就会滑坡。山上经常滚大石头下来，那一刻，地动山摇。我妈住的小木楼，每个关节似乎都在抖动和咔咔作响，母亲觉得，那个楼马上就要垮了。又不敢往外跑，因为在街上，老有人被石头砸死。

她说，后半生，仍然在做那种梦。山上巨石滚落，房子要垮，她在路上，无处藏身。

8岁，母亲学会了游泳。

游泳，从来都是大娃儿教小娃儿。教狗刨的动作和踩假水，说，你就使劲蹬！

刚开始在江边上的小水坑里耍，学会了，就在江边游。没有短裤，就穿长裤。那裤子，经常被水一冲，蹭在石头上，就弄烂了。

江边的大石头，长年累月被江水冲刷，会被水冲出好多的洞。

有一个地方，叫“棋盘楼”，就是这样天然形成的。

一层层的洞，有7层。钻进去，里面深得很。

有一天，母亲钻进了棋盘楼，发现里面有一股水，清花绿亮，不知道从哪里冒出来的。她想去探寻个究竟。

这时，涨水了，浪冲进棋盘楼，撞在石头上，一回头，就把人扯出来，往江底扯下去。

母亲惊慌之中死死地抱住一块石头。

在大浪里，她听见祖祖在坡上喊她：

挨刀的娃儿，你是不是又去浮水了？你不怕被水冲走？

她的人生第一次觉得无助。

一个大人跳下江水，把她救了起来，对她说，你快回去，你爷爷奶奶喊你了。

祖祖看她浑身湿透地回来，冒火得很，把擀面棒举起来。但是没打到她身上。

有一回，终究打她了。

合作社里有一块黑板，母亲最喜欢去拿粉笔写字耍。

有一天，有个伙伴喊她，快点来看。

地上有一个桶，里面是准备刷黑板的漆，毒性大得很。

她很好奇，把头埋进桶里，闻了闻。

那味道呛得她流泪咳嗽。

然后就继续在合作社坝子边耍啊耍。不晓得饿。

天要黑了，才想起回家。

回家，就开始发作了，脸绯红。

外曾祖母说，你到哪里去演剧了？

那时候，文工团的来演剧，演员都是用口水把一张红纸打湿，再涂在脸上，把脸抹得红彤彤的。

外曾祖母带她去洗，怎么也洗不掉。

外曾祖母着急了，就打了她。

第二天早晨起来。她全身都肿了。

外曾祖母吓得不得了，是不是我昨晚上把她打坏了？

赶紧带去看医生。

医生说，这是漆疮。

祖祖问，那要开什么药？

医生说，漆疮没有药医的。

医生话音刚落，外曾祖母泣不成声，难道这个姑娘，这么就算了吗？……

医生说，你们每天拿点豆花的水来给她洗澡，试试看。

母亲回去后，浑身溃烂，淌黄水。

全身都肿胀起来，嘴巴也肿了，张都张不开，饭也吃不了。

还发高烧。极度危险。

亲戚来看，说，这个娃儿，恐怕救不活了。

外曾祖母不听这些，抱着坚定的希望，细心地照顾她，去买了点米，煨点稀饭，一点点地，淋进她嘴里。

每天拿点豆花的水，给她轻轻擦。

两个星期以后，终于开始有消肿的迹象。

还有一次，她在坡上耍，看见一群人从山头走过。

那是一群送葬的人，吹着唢呐，抬着纸扎的灵房。

我妈却把灵房看成了轿子。

她跑去喊两个耍得最好的小伙伴，走，走，我们去看新娘子去！

小孩子，不晓得天高地厚。就跟着唢呐声，往山上爬去。

两个大孩子，背一个小孩子。

走了一两个小时，那群人终于看不见了！

我妈很有主张，说，我晓得他们去哪里了！就在那个地方——她指着很远的山头，我家伯伯就住在那里！

于是她们就朝着那个目标，走啊，走啊，走啊。

走到天都要黑了，下起了毛毛雨，路上的泥变成了稀汤汤。

她们三个，全摔到田里面了。

田里全是稀泥。

她们努力让自己脱身，但是，越挣扎，情况越糟，三个小孩在田里惊恐号哭，越陷越深。

幸好，有人赶来了。是我妈的姨娘[1]。

我的天！怎么是素娥儿——她把她们拉起来。惊恐地说，今天幸好遇见我了，不遇见我，你们今天就淹死在田里面了！

天已经黑尽了。姨婆[2]把三个孩子带到了伯伯家，让她们把衣服脱下来烤干，然后派人带信下去给祖祖，说她们在山上，不要担心。

走了一天的路，经历了一番折腾。我妈累了。

她坐在火炉边一边烤衣服，一边迷迷糊糊地说要吃东西。

大人煮了红苕给她吃，她眼睛闭着，把红苕送到鼻子里面去了。

这件事，被大人笑了好多年。

"看新娘子"这件事，母亲说我那个姨婆就是她的救星：人的命，生死已定。如果不该死，总会遇到救星的。

她也做过自己的"救星"。

那年母亲 18 岁，已经参加工作了。

有一天，她肚子痛。痛得死去活来，在地上打滚。

外公找人拆了个楼梯下来，抬着她去找医生。

医生做了一切检查，吃药、打针，找不到原因，止不了痛，没有办法。

母亲呼天喊地，快要痛死了。

所有人都束手无策。

这时，母亲自己说，给我吃打蛔虫的药！

---

① 姨娘：方言，指姨妈，即妈妈的姐妹。

② 姨婆：方言，文中指妈妈的姨妈。

外公赶紧找了药来。

吃了以后，拉了几大堆。肚子都凹进去了。

打完蛔虫以后，肚子空了，我妈如大病一场，一下没了劲，腰都直不起来。

外公牵着她，每天一点点地走。走了一个多月，喝了一个多月的稀饭，才好起来。

她说，她那一刻也不知道自己为什么会喊要吃打蛔虫的药，就是突然想起来这一招儿，于是自己救了自己。

我妈说，有的人，好像喝点雨水就长大了，但有些人，要健康顺利地长大成人，真的很不容易。人的一生，还充满了各种艰难和危险。我们都应该感激，能够好好地活到了今天。

Chapter 12

带一本书上路

用流动的时间来看书，
是一件幸福的事。

在火车站看书，可以忘掉身边的嘈杂。
在飞机延误6个小时的时候看书，可以让自己心平气和。

我妈看我把一本书装进包里，就说，东西那么多了，还带书呢？

我说，是啊，习惯了。

带书，是旅行中很重要的一件事。

就像必须要带上身份证和护照一样。

我什么书都带，旅行指南，或者小说、绘本，甚至菜谱。

但一次只带一本。

最好是带轻巧的。

但有时候，突然想看一本大部头，那也无所谓，带上就是。大不了再拿条裤子出来。

我曾带过一本多丽丝·莱辛的《金色笔记》坐火车，译林出版社，704页，60克胶版纸印刷，重量相当于一件帽衫。把同行的同事吓了一跳。

但事实上，它非常好。我在火车上总是睡不着，当卧铺车厢的灯光暗下来以后，点上床头的阅读灯，听着对面同事的呼噜声和梦话，读：

“安娜，你知道怎样飞翔，飞吧！”

我像个喝醉的女人，先在浅浅的污水中屈膝跪着慢慢爬起，再站起来，并用脚踩动污浊的空气竭力想往上飞。这太难了，我几乎要晕倒，空气又太稀薄，难以将我托举起来。但我仍记得以前是如何飞的……

火车在黑暗中前行，时间在流动。

用流动的时光来读书，是一件美好的事。

旅行途中，不免有许许多多的“等待”。这时候，书就显得特别重要。

在候机楼里面看书，就不用去逛免税商店，可以省钱。

在火车站看书，可以忘掉身边的嘈杂。

在飞机延误6个小时的时候看书，可以让自己心平气和。

在小旅馆，睡觉之前看看书。会比看电视更容易犯困。

身体容易疲惫，书，是最好的按摩和安抚。

书，就像一个不会说话的贴心朋友，让人在路上和夜晚不孤独。

谁会嫌自己的朋友重呢？

带出去的书，不一定非要在路上看完。

看到哪里，算哪里。

也有走到一半，就看完了的。

看完了，就继续从头看。有的书，每翻一遍，都有不同的感受。

回到家，把它继续放回书架，就可以。

这次带我妈出去玩，国内的那段，我带的是一本《侯孝贤电影讲座》。

看书的时候，老有一种将来也要去学电影的冲动。

在国外的那段时间，我带了一本朋友写的书，他叫全勇先，现在在写剧本，很多朋友都不知道，他出版过一本小说，叫《独身者》。

书里，他写了一首诗：

流淌的河水和泪水

我要把你抱上马背
涉过冰冷彻骨的河水
把你交给对岸一个
从未见过面的人

我要把马车送给他
帮他盖上新居打扫庭院
在房前种上兰草和野百合
在你们的新婚之夜
悄然离去

再做一个流浪人
我还会感到黑夜的幸福
在流浪的月亮底下
去思念母亲土地
和所有的亲人
并且更深沉地去爱她们
我不再属于你
荒山和天空下的树林
大漠和风
刮过我要走过的每一条道路

我属于天下所有纯洁的少女
我属于自由流淌的河水和泪－

－－－－－－－－－－－－－－－－－－－－－

Chapter *13*

阳朔

往事只能回“味”。

我踌躇满志地对母亲说，
我们这次来广西，目的很明确了，就是——吃！

飞桂林的，是一架大飞机。

座位相对宽敞，可以把腿蜷缩在椅子上看书。

已经夜里 12 点了。

母亲盖着毛毯在睡觉。

飞机在下降。

我放下手里的书，转头看向窗外黑茫茫的夜空，飞机翅膀上闪烁的灯照亮云雾，有点儿心神不宁。

阳朔。

多年前，在人生最艰难的时候，我逃去那里，在那儿度过了一段美好时光。

那以后，几乎每年，我都会梦到阳朔，梦到我在路上，要回到那个留下许多回忆的好地方。

但遗憾的是，在梦里，不是路断了，就是遇见了战争，或者在“马上就到”时醒了。

总是到不了。

我把这种梦告诉给当年在阳朔认识的朋友老马。

老马说，我劝你，不要去了，免得打破了你所有的美好回忆。

老马前几年又去过一次，据说非常失望。

“那里，已经不再是2002年的阳朔了。”

这一次，与母亲安排行程的时候，自然而然地想到了这里。

已经10年了。整整的。

不管它变成什么样子了，我还是想去看看。

把这个心结了掉。

就不会再做这样的梦。

2002年3月。她去了桂林。同一个月，她又坐车去了阳朔，在漓江边的一个画院租了一个房间住下来。房间在三楼，整个顶层都归她。每个清晨，她在楼顶顶风刷牙，看漓江漂来一个小黑点，刷完牙，渔民的竹筏已漂近楼下。

1400多年历史的小县城，空气潮湿，窄窄的石板路，暗红色阁楼，小店铺密密麻麻地拥挤在一起。这是她人生的第一次单独旅行。每天，她穿着棉布长裤，双手插兜，走在南方透明的阳光下。或者租了自行车出去玩，大路朝天，清风扑面。她不爱去闻名的景点，只往乡村小路上骑，一天，无意

中闯进了一个藏在山脚下的古老村子，看见方方正正的田野、幽深的小巷和祠堂、墙面斑驳的人家、地上落满的桃花瓣，还有吃草的牛羊、闲卧的狗……她半天回不过神来。

有时也会去一条不知名的小河边，租一条竹筏，沿着两岸的竹林，划到上游去，然后收起撑竿，坐在躺椅上看书，让竹筏自己漂回去。

她还去攀岩。弄得一身都是伤。

她在那里也有情绪失控和发疯的时候，她在

下暴雨的下午，不打伞，站在桥头淋了个痛快。一个陌生人去拉她，她对他哭述失意，那个人对她说：“‘人生不如意之事十有八九’，所有人都如此，你要习惯啊！”

——曾经在阳朔的生活

到桂林的时候，已经凌晨1点了。

最后一班机场大巴，奔跑在黑暗的机场高速上。

大巴前端的小电视里，在放着周立波的电视秀，音箱里传来笑声。但没人在看，一车疲倦的人，都快要睡着了。

只有我心潮澎湃，看着外面黑压压的旷野，心里想，终究还是来了！

只打算在桂林市区住一晚，第二天就坐船去阳朔。

象鼻山什么的就不去了。

要看真正的桂林山水，可以在船上看，或者去兴坪。

第二天一早就起来，退房，拦了一辆出租车去码头。

旅游城市的司机，都油嘴滑舌、头脑精明。听说我们去竹江码头，就建议我们不打表，给他60块钱，他带我们走环路，不从市区穿过去，那样不堵车，早一点儿到那里。

鉴于他一再强调“你们没通过旅行社提前买船票的话，去晚了就没票了”。我同意了他的建议。

竹江码头距离桂林市区也就 30 公里，打表的话，应该不到 50 块钱。

到了竹江码头，我们幸运地买到了两张散客票，并顺利地在 10 点半登上游轮。

漓江不是很宽，水清澈透亮，深不见底。

游轮鸣着笛，声音震耳。尤其是当两个游轮交错的时候，一齐鸣笛，那声音让人随时受不了。

我给母亲找了个二楼靠窗的位置，在那里，可以看见江边的山峰，山后有山，层层叠叠，灵气写意。

漓江两岸，树木茂盛。每走一段，就能看见一个斑驳码头，一簇簇的凤尾竹，抱成好大一团。有村民在竹林下洗衣洗菜。

游轮上配备了专业的导游，每走一段，就拿着话筒给大家讲解，讲解的内容主要是用四个字的词语来形容两岸的山，“老人牵马”“拇指峰”“秀才看榜”“童子拜观音”“八仙过海”“九马画山”“鲤鱼挂壁”。

我母亲对此充满了兴趣，平时，她看到什么石头啊、云朵啊，就喜欢把它们认成动物或者人的形状，这是她的专长。所以，导游每介绍到一处，她就认真、仔细地去分辨。

“确实像！”她高兴地肯定导游的工作。

但我呢，除了“拇指峰”之外，其他的，一样也没看出来。

船在江上行驶了一个多小时以后，到了风景最好的一段，“黄布倒影”。

船放缓了速度，以便游客们拍照。

我和母亲也去了甲板，在人群里拍照留念。照片效果不尽如人意，因为每一张照片，背后都有人脑袋。

船又到了20元人民币上的图像原址，大家纷纷掏出20元人民币，对比了又对比，看了又看。

过了风景优美的这一段航程，开始供应自助餐，人们纷纷下楼取餐。

我排在队伍里，观察从身边走过的人手里的菜盘，噢，还行吧，红烧鸭子、西红柿炒鸡蛋、炒豆芽、茄盒、炒米粉。我最想吃的，其实是摆在桌子尾端的，切成一牙一牙的橙子。一路焦渴，它将是我的最爱。

但是呢，等我走到跟前，水果盘已经空空如也。

一个女人，把那里扫荡一空，端着两大盘橙子，昂首挺胸地走了！

母亲说，你咋吃饭心不在焉的。

我狠狠咬着嘴里的米饭，看斜对面的那一桌游客，两大盘橙子，摆在那里，居然动都没人动！

午饭没吃爽，我气得坐到了甲板上。

只有脱掉鞋坐在船头，吹着风，看着我们的船在清秀连绵的山水之间前行，我才能忘记刚才的橙子。

“姑娘，你是一个人来疗伤的吧？”一个东北口音突然响起。

我眯眼抬头，一个魁梧的老爷们，穿着T恤，花格子短裤，站在不远处，双手向后，扶着栏杆。

“什么？”

他脖子上，挂了好大一条金项链。

“我刚和我几个哥们儿在里面打赌，他们看你一个人坐在这里，猜你是失恋了，来这儿疗伤来了……”

我乐了。

然后，这位老哥，就站在明晃晃的阳光下，给我讲了好多人生大道理，“孟子说……”“老子说……”“所以，你个人的烦恼，根本不值一提……”“你看这水，多好啊！你知不知道清华大学的校训——厚德载物，上善若水……就是说，水，是个好东西……它能让你忘掉烦恼……”他滔滔不绝，风，吹乱了他的头发。

清华的校训，是这个吗？我疑惑了。厚德载物是有的，但是后面一句……

然后，老哥热情地邀请我留个电话给他。

“到了阳朔，跟我们玩去！”

我笑呵呵地说，行啊！把我妈也叫上！

阳朔。

两个红红的大字，在码头边的石墙上。

我搀着母亲下了船，在码头跟那位老哥和他的朋友们告了个别。

这里好热，我们不得不脱下一件外套拿在手里。

阳光强烈。

码头两边全是卖旅游纪念品的小摊子。我和母亲一人买了一个斗笠戴上，挡阳光的效果很好，20块钱一个。

一下船，我就知道，当年那个清净的小镇已经不复存在。

现在的阳朔，到处都是人，到处都是商铺，到处都是讨价还价的声音。

走在西街，那些我曾熟悉的店铺和店里可爱的人们，都已经消失不见了。

连空气的味道，都不对劲。

去投宿巷子里的青年客栈，服务员的态度冷淡得让人住不下去。

只好去住了西街上的文化饭店。虽然临街有点儿吵，但是，好歹还是当年那个“文化”。老板没有变。

当看到那家无名米粉店还开着时，暗淡的心情才瞬间又明亮起来。

我对母亲说，10年以前，曾经有两个月，每天早上，我必在这里！

这导致我后来这几年，无论走到哪里，只要看见“桂林米粉”4个字，就会想起这个不足15平方米的小店。

我和母亲坐下来，一人要了一碗锅烧粉。

桂林米粉的做法，看上去非常简单：门口的大锅里，开水咕嘟嘟开着。用一个网勺抓一卷米粉放进去，放进开水里，上下拨弄两下，提起来，再抖两抖，滤掉水，扣在碗里。

切几片脆脆的猪腩肉做的锅烧，再浇上一勺卤水。递给我们。

我们把碗端到调味台，自己往碗里拨弄些油炸黄豆、酸豆角、酸萝卜、蒜蓉、花生米、葱花、香菜、黄辣椒末儿等。

我很有经验地对母亲说，多放两大勺辣椒酱，这种广西黄辣椒，辣味最震撼！

母亲和我一样，最喜欢那种辣彻心扉的感觉。

然后我们相对坐下，提起筷子。碗里，此时正洋溢着香气，米粉粗圆、均匀、透亮，拌匀了各种卤水和各种调料。

我一边拌着米粉，一边骄傲地对母亲说，我在这里，有过一早上吃 4 碗米粉的纪录，至今我没有打破过它。

母亲说，现在是下午 3 点钟，到底算午饭还是晚饭？

我说，先吃饱，晚上再吃！

桂林米粉，分好多种。卤菜粉、鲜肉粉、牛腩粉、螺蛳粉，都叫桂林米粉。

不同的店家，比拼的，就是汤里的那一点儿卤水。

那点儿卤水不简单。它是一碗不过瘾的秘诀！

不同的米粉店，熬制卤水的方法各自不同，但多少都用得到豆豉、八角、甘草、茴香、草果、槟榔、橘皮、胡椒、砂仁、干姜、香叶、丁香、桂皮、花椒、桂枝、山楂、白豆蔻、罗汉果。这些料加入猪骨熬汤，再加入三花酒，武火烧开，文火慢熬几个小时，直到汤色变浓，香气扑鼻，点滴醇美。

一碗下肚以后，我踌躇满志地对母亲说，我们这次来广西，目的很明确了，就是——吃！

好不容易，几经打听，我们才找到了搬到江边的“明园咖啡”。

在那个灼热干燥的午后，“明园”里有充足的冷气。

老板娘和老板没有变，还是那两个人。老板娘站在吧台里煮咖啡，老板和她打个招呼说准备出去游泳。

10 年过去了，他们还是那么亲密自然，样子似乎也一点儿都没有变老。

我和母亲一人要了一杯咖啡。

咖啡豆在机器里噼里啪啦炸开，然后粉碎成

末，一股最让人高兴的香气就飘过来了。

老板娘说，他们的店搬过两次了，但豆子一直是坚持自己烘焙。

阳光照进窗户里来，客人不多，从咖啡店里望向外面的熙熙攘攘，完全是一静一闹两个世界。

我问老板娘，你们过去在西街上，生意不是很好吗？为什么要搬？

老板娘说，那边太喧哗了，我们宁愿生意差点儿。

目光突然落在了一个壁橱的角落，那里，堆放着几十本大大小小的笔记本。

我突然想起了一个非常遥远的事情。

10 年前，在一个痛哭之后的午后，我来到“明园”，也在一个笔记本上写过什么。

老板娘，2002 年的留言本还在吗？

老板娘热心地打开壁橱说，你找找看，应该都在。从开业到现在，每一本，我们都留着的。

我请母亲帮我，蹲在地上，把那些笔记本都搬出来，再按照本上的标签顺序，寻找 2002 年 4 月的那一本。

几十本啊！每一个本子上都记录了各种各样的笔迹、文字和心情。

游客们来这里，记下什么，又四处散去，很可能，他们早已忘记了，曾留在这里的笔迹。

但是“明园”的老板，没有丢掉它们。

江南潮湿，好多笔记本的边框都已经发潮长霉了。

我在最底层的那几本里，翻找着。

终于，找到了 2002 年的几本。

一本一本地翻看，细细寻找。

笔记本里，深深浅浅的字迹，记录着各种故事和心情。有两三行字的，也有长达十几页的。

但是，任我怎么翻找，就是找不到那一页。

它好像消失了一样。

老板娘也过来帮我。她非常肯定：2002 年的，都在这里。

但是，就是没有找到。

我母亲好奇，你到底写了什么……

我无所谓地笑笑，把笔记本都还给老板娘，没什么，不找了！那一页，有可能自然脱落了，也有可能，我刚才已经看到了，但是自己没认出来……

找不到，就是找不到了。

早已经过去。

我写过什么，

也不想再提。

我向“明园”老板娘打听一个叫老吕的朋友。

他还在阳朔吗？

老板娘说，他还在这里啊，我给你他的电话。

电话拨通了。

我说，老吕，你好啊。

我还没说“你猜我是谁”，他马上就喊出了我的名字。

十几分钟以后，他就推门进来了。

很明显，他黑了，瘦了。

他和母亲握了握手，坐下来要了一杯果汁。

我向他打听了好多曾住在阳朔的朋友，他一一告知他们的下落。

基本上都离开了。去了上海、大理，或者凤凰。

“已经不适合住在这里了。晚上你出去就知道了，太吵！”

我问，那你怎么不离开？

他往沙发上一靠，说，我？走不了了，我病了，尿毒症。

我非常吃惊，但他却笑眯眯的，就像在说别人。

他告诉我，已经两年了，现在每周去医院做透析。

我问，为什么不回北京呢？你老家在那儿。

他说，没办法回北京，你知道的，在那里看病，要麻烦得多。

他说，很多原来以为不会发生在自己身上的事情，就是发生了，能怎么办？只能接受！

关于这个病，他没有太多抱怨，只说，去医院透析很麻烦，躺在病床上，看着自己的血液被抽出来又被输进去的过程非常漫长。那太难熬了。

幸运的是，一个来自乡下的小姑娘，一直不离不弃地跟着他。帮他打理生意，还照顾他年迈的母亲。

“如果她同意，我明年就打算和她结婚了。”

我想起10年前的一个夜晚，年纪比我们稍大的老吕，如何和我们在西街的石板路上做游戏，我们分成两人一组，分别把一条腿绑在一起，赛跑，大笑，最后，我们拿了第一。

我想起我们在一个天台上聊天，他说他曾结过一次婚，后来离了。他曾是北京中关村第一拨儿倒腾电脑的人，不到30岁就有了千万财产，后来去深圳和澳门豪赌，千金散尽，最后，他选择到阳朔来过平静悠闲的生活。

老吕坐了没多一会儿，就起身告辞了。

他说，很抱歉，因为生病就不在外面吃饭了，所以不能请你们。

但他介绍一个朋友开的农家乐给我们，在那里，能吃到比阳朔街上更好的啤酒鱼。

去了那里，提我，他不会收你钱的！他强调。

这就是老吕，10年前，他是一个仗义的人，现在还是。

阳朔的啤酒鱼餐厅非常多，到处都是“中央电视台CCTV4报道”“第×届漓江美食街金奖”“某某明星、某某主持人曾到我店就餐”等招牌。

但我们还是去了老吕说的农家乐。老吕不会骗我们，而且我们还可以在那里看看月亮山。

我们租了一辆车到了月亮山脚下。

老吕的朋友老赵来接我们。

从月亮山下的一条小路往里走，老赵说，他过去就是老吕户外用品店的店员，老吕一直很照顾他，后来，老吕的店不干了，就给了他一笔钱，并建议他开一家农家乐。老吕对他说，只要做得用心、做得好吃，就不怕路远，

总会有人慕名而来的。

老赵言语之间，充满了对老吕的感激之情。看来他生意不错。

到了农家乐。

孤独的小径边的泥墙房子，旁边站着一棵树，一口井。

不用我们点菜，老赵就开始张罗了。

他只问了一句，能吃辣吗?

我回答，能，你尽管做，越辣越好，辣得彻底点儿!

半个小时以后，一大盆视觉惊艳、麻辣生香的鱼就摆在了面前。

还有一大盆土鸡汤、一盘腐乳炒空心菜和一盘叫不出名字的拌野菜。

我和母亲一动筷子，就齐声感叹好吃!

那个鱼，肉质细嫩鲜美，浓汁香辣厚道。夹鱼的时候，稍微把笨头笨脑的鱼块在浓汤里滚一下，再夹在雪白的米饭上，就着粒粒分明的米一起吃最美味。

老赵抱着膀子，乐呵呵地站在旁边看我们吃，他说，好的啤酒鱼，一定要用漓江里的鱼来做。但是，现在不容易吃到江鱼了。外面馆子里号称是江鱼的，都是假的，都是饲养的，我今天给你们做的，不是江鱼，是河鱼。

难怪这么鲜美——生猛的味觉刺激，吃得我们欲罢不能。

我说，妈，你来点啤酒吗?

不喝，你自己喝。

老赵递过来一瓶漓泉啤酒，来广西，怎么能不喝漓泉啤酒呢?

我和母亲两个人抡圆了吃，吃到手里的筷子都要拿不住了。

天色晚了，我的啤酒也下去得差不多了。

放下筷子之前，还忍不住用鱼汁儿拌了点儿饭。更是撑到极点了。

我扶着桌子站起来，说，老赵，结账!

老赵果然如老吕所说，不收我们的钱。但是我们怎么可能让他不收钱呢。

我把钱递给他，他给我推回来，我再递，他再推!

最后，我硬把钱塞给了老赵的老婆，拉着我妈就往外走。

老赵从他老婆手里抢过钱，又深一脚浅一脚地追了出来，说要送我们。

我挽着我妈，回头对老赵说，老赵，你回吧！我跟我妈散散步再叫车回去，谢谢啦！

这个时候的月亮山，已经快要看不清了。但是那个轮廓还在。

我和母亲在土路上走着。要走到公路上去。

不冷不热，还有小风吹着。

走到公路的时候，天已经黑尽了。

山头，挂着月亮。

我们已经很久没有这样，鼻子闻着泥土和树叶的香味走夜路，走在月光下面。

道路曲折，两旁树木茂盛。路两旁就是流动的沟水和黑暗的田地。

还有骑自行车出去玩的人，三五成群地从我们身边经过。

不断有车从对面开过来，灯光照亮树和我们的脸。

我们不着急拦车，想继续走走。

公路下面是稻田，稻田边有一条沟渠，里面的水哗哗流着。

一个中年男人带着一个小孩，正蹲在沟渠边，他们手里拿着网兜和手电。

母亲问，他们在干什么？

我说，他们在捞螺蛳……广西人可爱吃螺蛳了……对了，明天，我带你去吃螺蛳酿……

母亲说，现在先不要说吃的……

回到县城，肚里的食物本来足够消化到明天早上。但是走在西街上，我一边走，一边在心里犹豫，要不要再去吃一碗清补凉。

西街两边的酒吧已经全部变成舞厅了，各种紫色和银色光线乱射，从外面望进去，很容易看到舞台上那根显眼的钢管。音响的声音就更不用说了。“咚次咚次”！“咚次咚次”！难怪把“明园”咖啡，逼到江边去了。

都快走到文化饭店了。我突然拉着我妈的衣袖往回走。

走哪儿去？母亲问。

走！再去吃一碗清补凉去！

我的理由是“解解腻”。

其实还是馋。

把切成小丁的西瓜、苹果、香蕉、芒果、白凉粉、薏米、葡萄干，放入一个透明的大杯子里。

然后拉开冰柜，取出最关键的一样东西：冻冰糖水。

透明透亮的冰糖水浇入大杯子里。

再给个小勺。

这就是著名的清补凉了！

我和母亲坐在路边的小矮桌子边，分享一碗清冽的甜点。

一碗下去，解除所有的油腻。

肚子舒服多了。

我愉快地拉着母亲又往回走。

把想吃的东西吃了，今天晚上，也能睡踏实！

好吃，是一种美德。我一直持这样的看法。那些觉得什么都味道一般的人，是成不了我的朋友的。

这次来阳朔，我带着母亲吃开心了，也很有意义。

第二天早上，我带她又去吃了一两米粉。没错，只是一两。老板是看我们还要吃他家的油茶，才肯卖一两米粉给我们的。

油茶内容丰富。热腾腾地端上桌，放葱花、米花、油果子、松花糠。喝下去，从喉咙舒服到胃里。同时，我们还要了一个板栗肉粽。

第二天中午，因为早餐吃得太饱，我和母亲决定少吃一点儿。就去粥铺喝了我一直念念不忘的墨鱼小肚粥。

这个粥，一喝，就知道熬它是下足了功夫的。

绵软的米，炖得稀烂，用勺舀起来又倒进去，能看到一条雪白黏稠不断的米汤线，松软滑腻。花生米本来是愣头愣脑、有脾气的，筷子夹不好，它就要跑的。慢煨三小时之后，它变得温柔。墨鱼和小肚，成本昂贵，所以切成小丁，量放得很含蓄，但只要一点儿，就足够和米黏糯缠绵了……最后还要悉心有加地放入盐，多一点儿一锅全毁，少一点儿欠缺。

老板给我们各盛了一碗粥，然后用大拇指、食指和中指，轻轻撮在一起，往上面点了一点儿翠绿的细葱。

粥得滚烫着喝。粥米醇香，墨鱼的鲜味口感绵长、含蓄。偶然还咬到一

颗俊俏的花生。

粥摊上还有十几种小菜让我们任意挑选。酸豆角、酸笋、苦瓜、海带、茄子、红薯藤。都是便宜至极的素菜，口味清淡，最适合佐粥。

喝完，母亲面露微笑。我以为她意犹未尽，招手，再来一碗。

别！母亲拦住我，第二碗就不是这个味道了！

第二天下午，我兑现了昨天所说的，带母亲去吃了螺蛳酿。

厨风粗暴的人，是做不了“酿”这种美食的。

“酿”是当地一种独特的做法。

把肥瘦相间的肉剁成肉末——这个也有讲究，不能剁成泥，也不能太粗，小颗粒最好。拌入姜末儿、盐，然后塞入不同的食材，就成了不同的“酿”了。塞进苦瓜，叫苦瓜酿；塞进茄子，叫茄子酿；塞进豆泡，叫豆泡酿。最好吃的，当然是螺蛳酿。

螺蛳从田里捞回来以后，要先放在水里，滴两滴香油泡一泡，让它吐掉泥沙。泥沙吐尽之后，要用小刷子一一刷干净，然后再做其他工序。

螺蛳酿的瘦肉里，还伴有切碎的螺蛳肉，加入一些薄荷叶和本地特产三花酒，塞入剪掉了“尾巴”的螺蛳壳里。然后放到锅里，锅铲翻飞，一通爆炒。

然后，一碗麻辣火爆的螺蛳酿就上桌了。

调料和主料一样多。我喜欢！

在各种辣椒、姜丝丛中，每只螺蛳抱着一团肥美的鲜肉和螺蛳肉。

吃的时候，需要牙签辅助。

挑出来放在舌尖。入味！饱满！独特！妙不可言！

我对母亲说，广西，就是这个味道！

那天的消夜，是桂花姜丝甜酒蛋。

我对母亲说，甜酒蛋是必须要吃的！

一口小长柄锅，红糖、酒酿，一缕姜丝，扔进烧开的水里。

在糖水将开未开之际，投入两只新鲜土鸡蛋。

然后调小炉火，慢慢煨它。

散淡的蛋清渐渐地凝固和聚拢，把蛋黄包起来。

就该出锅了！

不能煮太久，蛋黄要稍微流动的才好吃。

装碗之后，再挑一小点儿桂花放进去。

红糖的甜，酒酿的醉人香味，加上姜丝微微的辛辣，还有芬芳的桂花。混合出一种暖暖的甜蜜味道。

一勺进嘴，心里马上就感到快乐。

吃完了甜酒蛋，我又请母亲吃了一个现熬制的蜂蜜龟苓膏。清凉解毒，母亲对它称赞不绝！

过完了暴饮暴食的两天，我决定不能再待在阳朔了。

就和母亲搬到了兴坪。我们准备在那里住一晚上，再回桂林。

兴坪有一条古老的街。老街、土房子。虽然也有很多游客，但是到了晚上，就会变得非常安静。

我们在傍晚游客散去的时候到了那里。

在去青年旅店的路上，我们遇见了一个房子墙角开着野花的寻常人家，开着门，里面的人在吃晚饭。柜子上的电视里，放着湖南卫视。

还遇见一只威风凛凛的公鸡，一只一路小跑、目不斜视的小狗。

还有一棵树，上面挂着就要熟透的柿子。

青年旅馆，100元一个标间。

大厅里，几个年轻的法国人正在汗流浃背地打乒乓球。

在青旅三楼的房间，打开窗，一座山黑压压的，就在眼前。

好大的月亮。

能看到江对岸，竹排摇曳，渔火点点。

那个晚上，我和母亲到江边走了走。

江边没有什么路灯。

有个男人在树下，独自在黑暗里，往江里扔一块石头。

在黑暗之中，我发现了一个神奇的东西。

妈，有萤火虫！

不多，就几只，发出微弱的光。在黑暗里飞舞，若隐若现。

母亲说，我可有几十年没见着萤火虫了！

那几个小光点，也不怕我们，明明灭灭，围着我们飞来飞去。它没有一点儿声音。

伸手去摸。

飘然逃逸。

那个晚上，妙不可言。

第二天，我早早就起来出去联系筏工，我想带母亲坐竹筏去漓江上看看。

由于水警还没上班。

前来揽生意的筏工同意以 80 元的价格把我们带到九马画山，再漂流下来。

那个早晨，空气有点儿冷。

我和母亲坐在竹筏上，拉紧衣服。

初升的太阳从山那边照过来。

江水悠悠，波光粼粼。

竹筏触水，划出一道水线。

我们在两岸青山中，逆流而上。

两岸有稻田。筏工说，这里的水稻是一年两熟。到了成熟的时候，他就要去忙农活儿，闲了再来做筏工。

那一刻，这条大江之上，除了筏工，就只有我和母亲两个人了。

江面薄雾朦胧。

两岸青山相对。

山峰壮丽，竹林簇簇。

田间、竹林、草地、黄牛。

天地之间，安静又美好。

我感叹说，不管岸上的人和事怎么变，这条江一直都是这样的。

从几百年前，到现在，它一直就这样，不停地流着。

一个小时以后，我们到了九马画山脚下。

筏工将竹筏靠岸。我们站在对岸找那几匹马。

母亲很厉害，看见了七马，有站着的，有在跑的，还有昂起头的……

我只看见了四马。

然后，我们在岸边捡了几颗雪白的卵石放进兜里。

冰凉的空气中。

继续上竹筏，顺流而下。

太阳已经完全爬上了山头，阳光透过山与山的间隙，投在河面上，闪烁着。

40 分钟后，竹筏停靠在了终点。

下了船之后，在一个农妇那里买到一包甜甜的野梅子。

我和母亲回到旅店，收拾东西，去退房。

然后背包步行到客车站。

买了最近时段的票，然后找到了要出发的那辆大巴车。

但是，我发现：糟糕！斗笠掉在旅店了！

还有10分钟就开车了。

母亲的意思是，要么租个车去取斗笠，要么不要斗笠了，上车！

我的态度很坚决：帽子不拿了！再去吃一碗桂林米粉！

Chapter *14*

离开家

因为这样，或者那样的原因，
我们最后都离开了家。

从那以后，她开始变得无限沉默。就像哑巴一样，不说话。

我外公后来又娶了一个女人。

后外婆带了一个女儿嫁过来的，那姑娘比我妈小 4 岁。

没过几年，祖祖就以 200 块钱卖掉了那个 3 层小木楼，带着我妈搬到码口去和他们一起住。

母亲和后娘一起生活的日子，不再像跟着爷爷、奶奶一起那么快乐了。

还好，外曾祖母一直保护着她。

那时候，没穿的，外曾祖母给她做了一件棉衣，按照大大的尺寸做，卷起来给她穿，然后，每一年，放开一点儿，短了，就拿布接长一点儿。

一件棉衣，我妈从 7 岁穿到 10 多岁。

母亲从热带的江边，一下搬家到高山上，水土不服，老生病。

生病就做不起活路[①]，没法上山砍柴，连割猪草的劲都没有。

第二个外婆，就骂天骂地的。

外曾祖母很生气，但又不敢跟她大吵大闹，只在背后落泪。

我妈逞强，硬撑着去做。

她去砍柴，不敢去老林。因为山上有很多猴子，经常几十只一起，大呼小叫地在山上跑，它们就像书里说的那样，去地里掰包谷，掰一个，丢一个，根本不怕人，遇见女的，大猴子还会做怪动作。猴子要是看见你解手，它还要笑你。

山上还有狗熊和蛇。

我妈去“碗落沟”。

“碗落沟”，陡得很。在峭壁上，一眼望不到底，人要是掉下去，尸体都找不回来。

大人们总说，去碗落沟的人，出去了，回来才能算一个人。

我妈拿着马叉去割草。

草倒是好得很，很快就是一背篓。

她把背篓甩起来，背在背上的时候，草太重，人一仰，就翻下去了。

---

① 做不起活路：方言，意为“干不了活儿”。

我妈往山下滚落。

幸好一棵树，把她拦住了。

——给我讲到这里，我妈哽咽了。只有她自己知道，那是如何惊悸的回忆！

她把那背篓草背回家去。仍然遭到了讽刺，嫌少。

没人知道，她差点因为这些草而没命。

第二个外婆嫁过来的时候，带了一个缝纫机。

我妈喜欢缝纫机得很，就偷偷摸摸地去踩。

她会拣第二个外婆打衣服[①]剩下的布，裁了之后，在缝纫机上打几根领子，然后缝在自己的衣服上。

看上去就像穿上了一件新衣服。

第二个外婆就说她花花精精的，妖精妖怪。

有一次，我妈又去踩缝纫机，打断一根针。

她惊恐万分，赶紧去找外曾祖母要钱，去买了一根针放进去。

但还是被发现了。

第二个外婆终于发飙了，直接说，那缝纫机是给我自己的女儿的，不是给你的，你不能用！你又不是我生的！

这样直白的话，让我妈非常伤心，她觉得，即便跟父亲在一起生活，但

① 打衣服：方言，意为“做衣服”。

这个家，不是她的家。

她不会反抗，也不会回嘴。

每天吃饭的时候，第二个外婆的脸都是垮的。

面对那冰冷的脸。

她必须用点儿力，才能让嘴里的饭咽下去。

吃完饭，她不说一句话，放下筷子，就跑到山上去哭。

从那以后，她开始变得无限沉默。就像哑巴一样，不说话。

足足有半年，她一句话都不说。

有一天，她又去山上哭。

被乡上的一个女干部看见了，她很同情我妈，就说，素娥儿，给你找一份工作吧。这样，你就可以离开这个家了。

这时候，我妈才知道，人生还有一个选择，叫，离开家！

女干部到家里去说。

第二个外婆声音尖厉，那你给她当妈吧！

外曾祖母感激地拉住女干部的手，眼睛不停地流泪。

女干部把我妈带到了大兴，给她安排了一个供销社的工作。

我妈就这样，离开了家。

Chapter 15

行人与咖啡馆

偶遇的缘分。

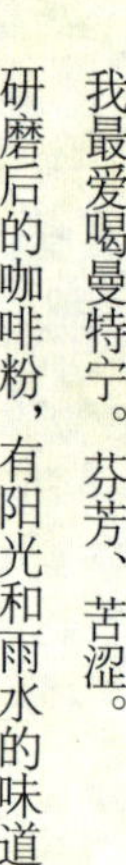

我最爱喝曼特宁。芬芳、苦涩。
研磨后的咖啡粉，有阳光和雨水的味道。

咖啡的独特香气，我母亲刚开始的时候接受不了。但是不知道从什么时候开始，她不再拒绝我带她去咖啡馆。到后来，她会主动提议去咖啡馆坐坐。

她喜欢喝单品，用虹吸壶煮的。

看那个煮咖啡的人，磨豆，注水，煮，就像一个优美的仪式。

咖啡的香气飘在整个房间里。

这一路，我和母亲时常走着走着，就钻进咖啡馆里去休息。

吸引我们进去的，有可能是外面摆着的、看着很舒服的一个沙发，或者是窗台上的一盆雏菊，又或者是因为那间房子里面飘出来的沁人心脾的咖啡香。

行人与咖啡馆，有着偶遇的缘分。

走着，走着，有一个地方，让你想暂时停下来。

推开咖啡馆大门的那一刻，一种温暖的关系，就瞬间建立了。

说真的，那些在旅途中，进去过的咖啡馆，我似乎一家都没有忘记过。

咖啡，是提精神的东西，但是，咖啡馆，却是让人松懈和放松的。

暴晒的天气里，咖啡馆里必然是冷气充足。

下雨潮湿的地方，我们走进的咖啡馆，一定温暖宜人。

在路上颠簸的人，有时候，需要的，可能仅仅就是那片刻的冷气，或者那一份温暖。

我和母亲经常坐在咖啡馆里，聊我过去开过的和现在正在开着的咖啡馆。

我说，那就是我的“精神家园”，不管我走到哪个城市，如果有一间属于自己的咖啡馆，我就永远不会觉得寂寞。

我对咖啡的了解，源自开第一个店。搭档极懂咖啡，细心教我。我的心，也是从那时起，真正开始静下来。

咖啡馆，不会长时间门庭若市。大多数的早晨，只会有一两个客人，独坐窗边。

也有来了要一杯特浓，喝完就走的。

我非常在意给客人提供的椅子是不是舒服。如果有的客人，愿意在你那里坐上整整一天，那很令人高兴。

咖啡的味道也很重要，这跟咖啡豆是不是新鲜以及煮的手法有关系。同样的豆子，在不同的人手里，是不同的味道。

好的咖啡馆，是一定要有甜点的。所以在咖啡店工作的妹妹专门去学了西点。

因为我自己也是开咖啡馆的人，所以，我进了别人的咖啡馆，特别喜欢观察那个店里的老板。

他是个什么样的人？有着什么样的经历和故事？

我们都知道，刚开始，开一家咖啡店是一个梦，我们都去实现了它。但是实现之后，就要经历许多的困难和不如意，他们是怎么解决的？又是什么让他们坚持了下来？

我自己，不是一个特别善于主动和客人聊天的老板。但是有客人来和我聊天，会非常乐意倾听。我曾在北京的那个小店里，治疗好了一个失恋后想自杀的女孩。也曾帮助一个容易脸红的男生，追到了他喜欢的女孩。

所以，当我在别人的店里，听见一个女大学生，在跟一个大叔店主诉说她的苦恼时，我坐在自己的位置上，微笑。

这次和我母亲出来做长时间的旅行，我们在银川的咖啡馆就交给了妹妹的男朋友打理。

我妹妹的男朋友，是数一数二的咖啡师。虽然没有去参加什么比赛拿过什么奖，但他一直勤奋好学，常去跟一些咖啡老师交流，分享经验和心得。他打心眼里喜欢咖啡。所以，每天他煮咖啡，用心真诚，客人能喝出来。他的工作区域，永远是整整洁洁的。

店交给他，我十分放心。

他会用清水，养很多植物，放在吧台。

他喜欢养鱼，还喜欢养乌龟。

他去外面捡了几个大鹅卵石给乌龟搭建娱乐场所。

我们咖啡馆里的3只乌龟，天天伸长了脖子在窗前晒太阳，过着衣食无忧、懒洋洋的日子。

不管是我们在北京，还是在银川开的店，都喜好安静的客人，所以拒绝客人来打牌或者摇色子。这样，生意要相对差一些。但是，我们在坚持。坚持提供新鲜的咖啡豆，给客人晒得到阳光的阅读空间，还有不定期的读书交流会和诗歌朗诵会。

我母亲刚开始会经常问我们生意如何。到后来，她就不问了。因为她也理解了：开一家咖啡馆，根本的目的，不是赚钱。

不管走多远，到了一个国家的机场，我会买一张当地的电话卡，为的，就是方便打回去，问一声：店里好吗？

MISCELA
DI CAFFE
ESPRESSO
ORO

Chapter 16

杭州

小旅馆、老家具、微醺的下午。

我们觉得待在小旅馆的时光，
要比出去游玩舒服得多。

到了杭州，我和母亲就去了西湖和西溪湿地。这两个地方人都特别多。

西湖名不虚传，西溪湿地很无味。

让我们印象深刻的，反倒是我们住的那个位于四眼井的小旅馆。这次杭州之行，待在那里的时光，要比出去游玩舒服得多。

坐了两个多小时的飞机，我有些疲倦，但母亲却显得神采奕奕。

因为杭州是她想来的城市。

有一年，家乡有个亲戚去了浙江看望在那边打工的女儿。回去以后，就天天把“苏杭二州”放在嘴上。

后来，我也曾有意无意地听见母亲提“苏杭二州”，当时心里就想：今后有机会，就带她去。

我们到的时候是下午，阳光明媚而温暖，照在机场大巴车厢里。尽管刚从香格里拉徒步回来，又去了桂林漂流，但是母亲看起来依旧精力十足。

看到她心情愉快，我感到，这是不错的旅行的开始。

我们住进了一家网友推荐的小客栈，在四眼井旁边的山上。

小院子，被各种可爱的绿色植物堆得满满当当的。

一进去，就心生欢喜。

我们得到了三楼的房间，推窗远眺，是一座绿绿的山头，植物纷繁茂密。

隔壁有个女孩过来借洗发水，母亲热情地打开包，找出物品，借给人家，然后和女孩聊了两句。举手投足，俨然一个熟练的背包客。

那女孩牛仔裤的臀部有个开线的地方，被我母亲发现了，母亲问她需不需要针线。

女孩很欣喜地领走了针线，从她这条牛仔裤的状态来看，她一定已经出门很久了，一定也是一个在各种青年旅馆转战，随时走上路，然后不管什么路面，都可以随时坐下来休息的人。

青年旅馆养了两只猫，一黑一白，那只黑的，此刻正在我们门口阳台的水泥扶手上走一字步。

走廊和楼梯都十分狭窄，灯光也不亮，有那么一个台阶还比其他的都高，需要十分小心。楼梯两侧的墙壁，画了涂鸦，写满了游人充满情感的话语，有的俏皮，有的无聊。还贴满了明信片和照片。

楼下的客厅同时是一个小酒吧，此刻，里面光线昏暗，一个人都没有，放着雷鬼乐，所以让人不觉得冷清。

穿过客厅，走过一个养着几条小鲤鱼的池塘，我们就走出去了。

一出去，绿色和阳光扑面而来。

从网上的攻略看，这个旅馆离西湖不远。

我和母亲准备走路去看西湖。

拉住一位在路边行走的阿姨问路。那个阿姨很热心，给我们讲了一大堆，说的是杭州话，我们听不懂。

但还是按照她的手势所指，走了下去。

那条路，车很多，道路两旁就是小山和密集的树林。

我们尽量靠着路边走，有快速行驶的大公共汽车从我们身边呼啸而过。

走了半个小时，仍然不见一点儿西湖的痕迹。

很奇怪，有一种感觉，水就在附近了，应该拐个弯就能看见。

但，就是怎么走，都不见。

还好，阳光很好，空气也很舒服，我们并不着急。

我又抓住了两个人，看上去是游客，但他们非常确定地给我指了另一条路。

这下，我们又走到了路边的一个小别墅区，街道干净，偶尔有车驶过，行人很少。看得出来，杭州的别墅很多，和那些作为商铺的别墅不同的是，这里住着的是一户户过日子的人家。

就这样，一路问人，这个往这儿指，那个往那儿指。

品质之城

我们走得大汗淋漓，但是很爽。

最后，我决定打车去楼外楼吃饭，因为渴了，也饿了。

楼外楼就在西湖边。

杭州的出租车果然如网上所说的，非常不好打。

一辆私家车停在我们面前，开车的是一个大叔。

如果司机面善，我是不排斥坐黑车的。

于是讲好了价和母亲上了车。

那一路，都是林荫道。

司机一边开，一边介绍：这路的两边都是茶园。

然后他提出建议，多付他20块钱，他带我们去山上看看老龙井，喝喝茶，然后再送我们去楼外楼。

听上去是个不错的建议。因为我们都很渴了，去喝一杯茶再去吃饭也不错。

于是大叔转个方向，带我们上山去了。

途经一个茶园，他停下来，说，到茶树中间去走走，我给你们照相。我和母亲就下了车。

午后三点的阳光照射在茶园，那里很绿。

茶树并不高，细小的叶子紧密地挨在一起，它们如此单纯，倚靠着，在风里摇晃。碧绿的颜色，在阳光下光彩夺目。

旁边就是一条繁忙的大道。

大叔把我们带到了山上的龙井村，一口井旁边。

他说，这就是老龙井。

果然，井边有几个大字：老龙井。

几个妇女围上来，手里拿着系着麻绳的小水桶，你一言我一语，根本听不出来讲的是什么。

大叔说，她们借桶给你们，你们可以打水上来洗个脸，洗个手，这个水很好的，可以给你带来财气，洗去病痛。

我问，要多少钱？

不要钱！你们一会儿去我家喝个茶就可以。一个穿红衬衣的大姐挤到了我们跟前。

喝茶也是请你们去尝尝，你们也可以不买的，大叔补充说。

我听到“洗去病痛”这个话，就动了心。至于要钱不要钱，一会儿再说吧。

我借了小桶，扔进井里。

那个井好深，往里看，有点儿吓人。

我小心地把水提上来。蹲在旁边给母亲洗手。

母亲连声感叹这水很凉！

我说，你拍拍胳膊，再拍拍脸，脖子也可以拍一拍。

然后，我们跟着红衬衣大姐走向她在巷子深处的茶舍。

白墙，水泥地。古风的方桌，条凳。房间里，摆着栩栩如生的木雕、古朴精致的茶盘。

给我们用的，是两只透明的玻璃杯。

倒茶的是一个古老的热水瓶。

大姐先递上清凉的毛巾，让我们把手擦一擦。

然后她从一个簸箕里，抓了两小把茶叶扔到玻璃杯里。

提起热水瓶，拔开木头塞子，滚烫的开水冲进杯子。茶叶翻腾起来，然后逐渐舒展。

大姐说，这么炎热的天气，喝绿茶是首选。喝了以后，清清爽爽，不上火。

司机大叔也跟着进来了，他向大姐讨杯白水。

大姐大大方方地也给他倒了一杯茶。

我和母亲已经很渴，等茶水稍微不烫了，就开喝。

确实是很好的绿茶。

茶汤透亮，一口下去清爽、自在。

身体内的燥气似乎在慢慢散发。

再喝上两口。

眉目之间，逐渐气定神闲。

大姐希望我们能买点茶叶回去。

她向我们介绍“雨前”“明前”和“西湖龙井”“狮峰龙井”的区别。

刚才喝到的茶，确实很好喝。

我就买了一些。

想到以后回到家，每天都能喝到这个茶，心里很高兴。

当然，我也没有多买。

司机大叔很快把我们送到了楼外楼。

我母亲连声感谢他，说，你真是个好人。

我下了车，嘀咕说，你说他会不会是茶店的托儿？在红衣大姐那里拿回扣？

母亲说，你不要把人都想得那么坏！

好吧。

西湖，就在旁边。

日光温暖，透过密密的树叶，三三两两零碎地映在湖面上。

楼外楼，从外观上看，就有老字号的优雅风范。

走进去，墙上有字画、木浮雕。服务员的衣着和菜单都很考究。有点儿旧范儿，像已少见的国营饭店。

坐在室内，外面的波光粼粼尽收眼中。

杭州菜是很好吃的，但不知道母亲吃不吃得惯。

点了著名的龙井虾仁、东坡肉、西湖醋鱼、烤麸和一盘蔬菜。

还想点两份宋嫂鱼羹，这时候服务员发话了：可以了，吃不了了。

他建议我们，宋嫂鱼羹就不要点两份了，要一份，两个人尝一尝就好。

我还点了一小壶黄酒。

楼外楼，给我留下最深刻印象的，不是菜，而是上菜速度。非常快。明明坐了满满一屋子的人，但根本没怎么等，菜就都来了！

四处打量一下，几乎每一桌都有这么几个招牌菜：西湖醋鱼、龙井虾仁、叫花鸡。

我们点的西湖醋鱼，是68元一条的草鱼做的。鱼超大，口味酸甜不寡淡，让人胃口大开。

母亲对这种味道的鱼很不适应，她说，做这个鱼，要是鱼自身不新鲜，就没法吃了。

她很中意那一小碗东坡肉，很烂，入口即化，不腻。

龙井虾仁也不错。

宋嫂鱼羹就差点儿意思了。酸酸淡淡的，漂着几根鱼丝。得感谢小伙计没有让我们多点。

最爱的，就是这点黄酒了。口感醇厚，意思十足。

我让服务员拿了两个杯子，给我母亲也倒了点儿。

从餐厅往外看，平静的湖面。夕阳，清澈天光。

朴质的小船和奢华的大船，漂在湖面之上。

偶尔有骑自行车的人从窗前一闪而过。

晚霞初露的时候，我们已经微醺。

微醺，是个什么感觉呢？

就是醉和醒之间的惬意。在飘忽和踏实之间，一切都很愉快，连从你身旁经过的风，都带着一丝丝甜味。

带着这样的感觉，我们走在了西湖边。

我曾问一个在北京工作很多年以后，选择去杭州定居的朋友：你为什么喜欢杭州?

他给我讲了一大堆——

在中国所有的大都市里面，只有杭州，没有咄咄逼人的气势，永远充满悠然闲散的气息。

三面环山一面城。

四季都能看到浮云、远山、绿树、碧波、繁花。

漫步城区，犹如在公园，到了秋天，满城桂花香。

人和人之间很友善。

杭州的女人长相秀气，举止优雅，说话温柔。

还有，有个湖在这里，有事没事可以去逛一逛。

路边可以租到不用花钱的公共自行车，没有复杂手续……

想象一下，你骑着车，在树叶遮天蔽日的街道，街的一面是书店、咖啡馆、美术馆，另一面是影影绰绰的湖水……

我和母亲走在这里，感受到了他所讲的。

太阳落山后，风开始变凉。凉风习习，湖边的树叶哗哗作响。

也许是酒的作用，抑或是湖水的作用，或者是因为这风，人头攒动的西

湖边的拥挤凌乱、嘈杂喧嚣，此刻，变得生动。

从手里有无相机以及神态，很容易分辨湖边的游客和本地人。

尽管游人很多，但是杭州人，还是习惯晚饭后，到西湖边来走一走，散步、遛狗、坐在长椅上谈恋爱，或者骑车，甚至踢球。

我和母亲站在了著名的断桥上，却还在向人打听：断桥在哪里？

断桥，真不是想象的那样大。

这里可能是这个城市人流最密集的地方。

日复一日，川流不息。

但是，总能有一种轻松气氛。

在桥上，一个女人推着小孩的推车慢步行走。

老人靠在桥墩上，静静地看着他熟悉的湖面发呆。

打扮入时的女孩，蹬着高跟鞋，长发飘飘，快步走着。

还有站在桥头打着手机流泪的女孩。

被爸爸扛在肩膀上的小男孩。

闲庭信步的鸽子。

有人在吃冰淇淋。

我妈把相机镜头对准了他们。按个不停。

然后给我看。

很真实。

这时，已经晚霞满天了。

远方高楼林立的城市，被涂抹上一层金色的光晕。投影在湖面。

我一瞬间感觉到了这个城市的真正魅力所在。

风流云散。

杭州，她像一个内心敏感的大气女人。

天越来越黑，我脚都走痛了，但母亲却没有要回的意思。

湖边的路灯不是很亮，我们在暗淡的光线中，沿着西湖一直走。

遇到了好多在湖边遛狗的人。

走到了一个大型音乐喷泉旁边。母亲拉着我走到跟前，仰头观看。

各种被彩灯照亮的水，嘭嘭腾起。

大量的水珠扑面而来。

母亲眼睛发亮，她像个孩子一样对此充满好奇。

看完了喷泉，我们又去坐船夜游西湖。

船被装扮成了一条龙，挂着彩灯。开到湖中间去，很显眼。

船上有个弹琵琶的女孩，手上动着，面无表情，她已经很疲倦了。

我累得瘫在船舷旁的椅子上吃船家送的橘子。

母亲拿着相机，在船上这儿照照，那儿照照。

然后她让我站起来，依靠在船舷上，把身子探出去，看远方，她给我照相。

我照做了。

一、二、三，一阵白光!

哎呀，没关闪光灯！母亲很不满意。

她让我别动，关了闪光灯，重新给我照了一张。

然后骄傲地递过相机给我看。

嗯！不错，把我照得比较瘦，而且……神情还比较忧伤！我对母亲表示肯定。

一个多小时，我们绕湖一周。看到了三潭印月、雷峰塔等。

然后，船靠岸了。

下船时已经晚上 10 点半了。

出来遛狗的人，都回家了。

我们走到大路边想打车回旅馆，但是很难，没空车。偶尔看见亮着红灯的空车，拼命招手，人家根本理都不理我们!

于是我们向还在路边执勤的交警打听怎么坐公车回去。

交警很和气。

我们跳上了最后一班公共汽车。这么晚了，还有很多很多的人。

司机开得很快，刹车很急，不狠命抓住扶手，根本站不住。

这么多座位，居然没有人给我母亲让座。

我有点儿不高兴。

我母亲对此并不介意：那说明我看起来不老。

公共汽车上，有一对情侣。

卿卿我我，抱在一起亲个没完。

我以为母亲对此会有意见。

下了车，我就说，刚那两个小孩，真不懂事，公共场合……

没想到，母亲说，要宽容别人在秀恩爱的时候表现出来的那种傻里傻气。要知道即便是无恶不作的人，在谈恋爱的时候，也会不知不觉天真地哼起歌来。

到了旅馆，看见酒吧里还亮着灯，倦意又临时消退了。

拿出小电脑，和母亲去酒吧把相机里的照片都观赏了一遍，然后导出来。

酒吧有个小台球桌，教母亲打了两杆之后，我们才上楼睡了。

第二天，我醒来，发现母亲已经起床了。

推开窗户望下去，她正在院子里和客栈主人聊天呢。

我穿鞋下楼，母亲招呼我吃早饭。

早餐是老板亲自熬的白米粥，两个茶叶蛋，一个素包子，还有一碟小菜。

我一边吃早餐一边听她们继续聊。

她们在说老家具的事。

母亲说，这个客栈里的家具都有些年岁了吧?

老板说，是啊，所有东西都是在二手市场淘的。

她说，在杭州，去逛二手市场是她生活里很重要的一部分。

在一些乱糟糟的东西里面发现好的，或者有趣的东西，很有意思。

贵吗?

不贵啊！我们吃饭的这个桌子，才 40 多块钱，很便宜的。而且这个桌子，你看，应该比我的年龄都大了吧！有的人可能会嫌弃它旧，是别人用过的。但是，我却觉得这是它最宝贵的地方，它带着故事来的，还带着时光的印记。它身上的这些斑点，这些磨旧的痕迹，都是一种独特的美。

卫生呢?

这个是有保证的，每一件家具被淘回来，我都会用消毒剂好好地擦一遍，才放进客人的房间里。把一堆“破烂”买回来，然后精心地擦洗和摆放，然后让它们散发出味道与光彩，那种惊喜无法形容。

说这话的时候，一只猫跳上了我的餐桌。大大方方地蹲在我盘子旁边。

咻！咻！我母亲撵它。

它根本不在乎。

呵呵，这是大宝，它就喜欢在客人吃饭的时候捣乱。老板笑眯眯地把猫抱走了。

我们回到房间。我再来打量这间小屋子，跟老板聊过以后，它变得不一样了。我开始一一注视用老门板改制的房门、古董木箱子做的茶几、还有旧旧的老式皮沙发……它们凑在一起，散发出时光的味道，这一切，都是那么真实和美好。

那天下午，我们去了西溪湿地。

没意思，就不讲了。

从西溪湿地回来，我和母亲一致决定：回旅馆。

决定不再去什么景点了。就待在这里。

群鸟从窗户后面飞起来。

大门脚下，开满了鲜花。

夏天，美丽又短暂。

转眼之间就能闻到秋的意味。

初秋，让人微微落寞。

我们在院子里喝茶，度过了一个简单、美好的下午。然后，背上行囊，去了火车站。

Chapter **17**

白头到老不容易

没有完美的婚姻存在。

愿得一人心，白首不分离。

在报纸上看日本一个专栏作家的访谈，他说到，日本人结婚的时候，男方会说一句话，但不是“我会让你一辈子幸福的”，而是问一句：你愿意跟我辛苦一辈子吗？看到这句话，我鼻子酸了。

这才是真话。

两个人刚开始在一起生活，会得到很多人的祝福。

很少有人会在那个喜庆的时刻，告诉她：那也是辛苦和不容易的开始。

爱，会带来幸福。

也会带来痛。

带来麻木，

带来麻烦，

带来寂寞。

很多人视结婚为爱情的“修成正果”。

实际上，结了婚以后，反倒很难相处，彼此让对方受尽折磨。

我见过夫妻俩吵架，急了一人拿一把刀砍自己的。

大多数女人都不会承认自己让对方受尽折磨。

其实，婚姻本该是一件很简单的事，就是找一个人搭伙，相亲相爱，太太平平过日子。

爱本是相互扶持。但日子久了，他的侍奉，他的陪伴，他的关爱，像开水一样平淡和寻常。不再珍贵。

所以，没有完美的婚姻存在。

婚姻的四字箴言，其实就是“凑合着过”。

有个伴儿，总比孤身一人强。

哪怕吵吵闹闹一辈子。

经历过一次次的风波和磨难，才能享受终老。

每一次吵架，就是一次磨合。

就怕不吵，一潭死水。

再完美的一对夫妻，也有“走不下去”的那一刻，而且一生中，不止一次。

白头到老的两个人，一定给了对方无限的容忍和尊重。

当我们垂垂老去，那个和你吵了一辈子的人，依然在你身边。

这一辈子，有个人陪。

还不够幸福吗？

Chapter 18

当浪漫消失了以后

**他是这世上和你相依相存、
相知相惜的人。**

不要对他抱怨个不停。
再深厚的爱，也经不起常年的念叨、挑剔、嫌弃。

妈，我还没有结婚，还没到你的那个年龄。

我不知道，当浪漫消失了以后。两个人，如何度过漫长岁月。

只是作为略有人生经历的女儿，想给你一点儿建议。

希望这些建议能减轻你现在对生活的不安和焦虑。

首先，老爸是爱你的。

这一点不可置疑。

我经常看到，即便老了，老爸仍然时常对你表达爱意。

但你很少同样表示。

你情绪不稳定。

因为一句话，就会不高兴，生闷气。

人老了，要学会心平气和。

遇到问题，不要再激烈地极端地面对。

不要总是把他的东西全看成自己的，去看他的手机短信。

也不要登录他的 QQ。

不要对老爸抱怨个不停。

再深厚的爱，也经不起常年的念叨、挑剔、嫌弃。

在你想爆发的时候，不妨在心里，先想想他的好。

不要总是觉得“听我的就对了”。

“这么多年了，他还是不改！”

那就别要求他改了。

其实我知道，你们的生命中，早已不能没有对方。

只是在你们吵架的时候，又忘记了这一点。

我记忆里，有爸想去拥抱你的画面，却被你一把打开！

有时候，请你也主动表达。

最后一点。

请你无限信任他。

Chapter *19*

上海

24 小时。

站在外滩，别有感受。

傍晚 6点，从苏州坐动车到上海，只用了35分钟。从火车站出来，用了30分钟排队，打到了出租车。

特别想先说说这一趟旅行，上海出租车司机给我们留下的好印象。

不知道从什么时候开始，北京的出租车司机变了，变得态度刁钻、挑拣客人。我住在北三环安贞桥附近，按理说，机场到家的距离也不算近了。但是，每一次从机场出来打车，我都战战兢兢，生怕打上了一辆车，对司机说出“安贞桥”后，他立马变得冷冰冰的脸以及一路上不断地叹气，甚至自言自语或者给朋友打电话：今天怎么这么倒霉！拉了个安贞桥！

就算不坐机场出租，平日里，在大街上被拒载的情况也不少见。好不容易在寒风中等来了一辆空车，司机先摇下车窗问你去哪里？我说了个地名，他看我一眼，话也不说，扬长而去！

还有，北京的出租车司机特别喜欢开着收音机听评书和相声。乘客接打电话的时候，只有极少数的司机，会主动把音量调小……

过去，上海人老被人说成是小气和市井的，但是这一次，我和母亲到上海，却一点儿都没有这种感觉。我们所遇到的出租车司机、路人、售票员、咖啡店员，都是有礼和客气的。

我们打上车以后，司机白衬衣、白手套，衣装整齐，态度温和，说话很客气。

我们住的地方在外滩，距离火车站不远，但是他没有一丝不快的感觉。

一路上，他和我们聊天，把自己的家长里短的事情告诉我们，比如，他老婆天天拿个饭盒给他带饭，导致他想在外面吃一顿都不敢——去外面吃了，饭盒里的东西怎么办？带回家被她发现了，后果不堪设想。

我问他去哪里吃生煎包，他告诉了我好几个地方，还让我用手机把地址记下来。

坐在车里，我的手机响了，他马上主动把收音机关掉。

更厉害的是，他会讲三国语言，还会说粤语。

我订的青年旅馆，就在外滩。

老式的公寓楼，楼下各种高档商店密布。

从一个门推开进去，踩上厚实的地毯，迎面过来一位 50 岁上下的前台接待。

坐电梯上三楼，走廊刷了天蓝色，房间的窗户是纯白的，还挂着跟航海有关的小物件。

天花板是玻璃的，早晨，有阳光从那里穿透进来。

很安静。

有一个大大的露台，但是布满灰尘。

相对皇城北京，上海更有大城市的气派。

这一点,站在外滩,最有感受。

从我们住的青年旅馆走到外滩，只需要5分钟，还没有真正走到黄浦江旁边，就已经闻到了江水的气息。

晚上8点，黄浦江两岸已经华灯齐放。

流光溢彩，相互辉映。

灯光给建筑披上了华丽的衣服。

母亲感叹说，这是真正的繁

华都市！

夜色令人心醉。江上，大船游弋，汽笛声声。江的西岸，“万国建筑群”多是老楼，气派坚实，灯光以璀璨的金色为主。浦东那边，各种现代摩登的建筑，错落有致，绚丽多彩。

灯光，是会给人的内心带来奇妙变化的东西。

我面对着这样大面积的灯光，突然想起了一件事，就讲给母亲听：

有一年，我坐的中巴车在山里抛了锚，等修好，已经晚上了。我们继续走，走出森林，在江边的公路前行。那个晚上，连一点儿月光都没有，只有中巴车的微弱灯光照在路面。我坐在车里，看着四周的一片漆黑，内心非常惶惑不安，就像被一个巨大的黑暗的东西给吞没……

就那样摇摇晃晃地在黑暗中走了两个多小时以后，突然，透过玻璃窗，在江的对岸发现了一个小亮点——好遥远！但是，可以十分肯定，那是一盏灯！那里，有一户人家。

妈，我终生难忘，那一天，看到那盏灯时，有一种回到了人间的感觉！我欣喜若狂，就像在黑暗的大海漂流的人，突然看到了一艘大船。我的心，马上变得踏实和温暖，对前路也不再恐惧……

所以，我想，人为什么爱往大城市跑？是不是因为骨子里，对灯光的向往？

外滩人头攒动，也有很多衣着简单的从山里来的人，我其实很想知道，此刻，他们，站在外滩，看着这些无边的璀璨灯火，心里的感受。

母亲一直在不停地拍照。

我们身边偶尔跑过一个傍晚跑步的老外，戴着耳机，旁若无人。

母亲抱怨她的相机在拍夜景的时候因为手抖，老是效果不佳。

我建议她用她的佳能 G9，放在栏杆的扶手上，一只手扶着，等待几秒，拍出来的照片，就好多了。

就在我们身边，一个中年摄影师守在敦实的三脚架旁边，盯着取景器。和他聊天，得知他用的是佳能“无敌兔”。此刻，正在用长达 30 秒的曝光拍眼前的华丽夜景。

一阵风吹来，打起了雨点。

那位摄影师赶紧收起他的器材跑了。

母亲还舍不得走，我就跟她坐上了最后一班游轮，夜游黄浦江。

坐上了船，我们爬到了船的第三层。雨越来越大了。船上的灯光，把雨丝照亮。

很多人都躲进了船舱里，但我们没有去。就站在船舷边，看着雨丝，看着水岸光影。

妈，你看，那就是东方明珠。明天，我们去江那边，到那上面去！

东方明珠，整个浦东最耀眼的建筑，我们抬起头，它熠熠生辉，高耸入云。

因为雨，黄浦江上像起了一层薄雾。风很大，把雨吹到身上。

这时我有一种幻觉。眼前的景象，似乎在十几年前，就出现在大脑的想象里。

我那时候天真地以为，人只要去了繁华之地，就不会再孤独。

人群汹涌而过。瞳孔里斑斓迷离。

涌动的江水，使城市闪耀的倒影支离破碎。

船在江上走了一个来回，靠岸的时候，已经夜里 11 点了，对面高楼上的超大彩色屏，打出几个大字：上海，晚安。

一船人走出码头，都意识到：麻烦了！

外面大雨倾盆。

几十号人大呼小叫地一溜儿小跑，都跑到了一个过街桥的下面躲雨。

桥上的积水像瀑布一样落下来，我们像躲进了一个水帘洞。

脚下，水流已经成河了。

想跑到路边去打车，根本不可能，更何况，就算跑到了路边，怎么能肯定马上有空车过来呢？

桥下的人都有点儿着急了。有路子的，开始给朋友打电话，让人来接。其他人，就互相安慰：这种雨，下一会儿就会停了。

但我看够呛，这雨根本没有停的意思。

这时母亲对我说，要不我们跑回去吧！这里到旅店，也就 5 分钟吧！

我担心她的身体，怕淋了雨会感冒。

她说，在这里站着不也冷吗！

我妈都敢跑，我有什么不敢的？于是，我们把相机藏在了包里，喊了一、二、三，就冲进了大雨里。

淋吧！无所谓！

我和我妈拉着手，在暴雨中狂跑。

也不管脚下有多少积水，直接踩进去，溅起好多水花。

街上一个人都没有。

过马路时，我们停下来等红绿灯。看了看对方，都湿透了！

加油！马上到了，母亲说。

绿灯亮了。我们跑过了马路。

笑着冲进旅馆的时候，服务员都吓了一跳。

回到房间，我们马上脱掉身上的湿衣服，然后冲进浴室。

把水放到最大、最热。

站在滚烫的水里。等着身体暖和过来。

热气腾腾地洗了个澡。

然后出来吹干头发，钻进被子。

那天晚上，雨下了一夜，我们都睡得很好。

在去东方明珠的路上，我们路过了街边的露天咖啡馆。

我和母亲先坐下来，要了咖啡和小甜饼。

先舒服舒服再去耍也不迟。

上海，有很多的露天咖啡馆，这是我最喜欢的地方，我有时候甚至觉得，不管是在摩天大楼的一层，还是在静谧狭窄的弄堂里，那些撑着大伞、摆着沙发桌椅的露天咖啡馆，才是真正的上海风情。

在东方明珠买票的时候，买了最顶层的票。

最顶层叫太空舱，那里有一个悬空走廊，玻璃地板。

最有意思的，就是那里。

由于去得早，不用怎么排队就坐电梯上去了。

站在最顶层，349 米的高空，俯瞰上海，一切尽收眼底。

站在悬空走廊旁边的时候，人们的表现不一，有人惊叹不已，有人犹豫不决，有人兴奋异常，我临阵退缩！

别说走上去，根本都不敢往下看！

透过玻璃走廊，各种摩天大楼都在脚下，黄浦江上的船就像火柴盒大小。

旁边有个大人在教小孩回去怎么写作文：你可以写，那里的人，像蚂蚁。

这个时候，小孩子是最勇敢的。蹦蹦跳跳就上去了，还躺在玻璃上做各种可爱造型让大人拍照。

我还在想怎么劝母亲大胆走过去呢，母亲已经眼望前方，豪迈地走过去了。

她拉住扶手，一再冲我招手。

但我一再摆手。

最后，发出杀猪般的号叫，我被我妈拉过去了。

是的，我的腿好软。

从东方明珠下来，为了补偿自己的担惊受怕，我们去了城隍庙。

一进去就口水狂分泌。

我们点了如下东西：生煎包，里面有一包汤，上面洒了黑芝麻和葱花。小笼汤包，吃的时候要非常小心，不要被里面的汁水烫了嘴巴，更不要把它弄洒了，可惜。桂花糯米藕，浸满了蜜汁，胖嘟嘟的糯米努力在藕洞里想钻出头，咬一口，多层口感，甜蜜芳香。上海白斩鸡，煮得不多一分钟，不少一分钟，骨头里还带着点血丝，鸡皮带肉，夹一块蘸秘制酱油，香滑可口。蜂蜜龟苓膏，柔滑绵软，十分甜蜜。

吃完了午餐，坐红色双层巴士在上海转了一圈。

和伦敦的双层红色巴士一样，第二层是没有顶棚的。

每人还送一杯咖啡、一张彩色地图。

24 小时内，我们可以随意上下车。

还有耳机可以戴，可以听音乐和听导游讲解。

我们坐在车顶，吹着风，将沿街美景尽收眼底。

大巴车一直在走走停停。

车的两边，就是高高矮矮地挂着广告牌的城市大楼。天被分裂成一小块一小块的。高楼大多被玻璃覆盖，发出绿色或者银色的光。一不小心，会被大块玻璃折射回来的阳光刺痛双眼。

寺庙、老建筑、林荫大道、摩天大楼。都坐在车里看了看。

母亲喜欢淮海路，阳光透过高大的梧桐树，洒在她的身上。

最后，大巴车把我们带到了杜莎夫人蜡像馆门口，我们在那里下了车。

在杜莎夫人蜡像馆。

母亲和奥巴马、刘德华、张艺谋亲切合了个影。

从杜莎夫人蜡像馆出来。

我和母亲在大街上，坐在石头台阶上，行李就在身边。

阳光热烈，天空明亮。

仰起头，睁不开眼。

我不知道该带我妈去哪里了。

离去机场，还有一点儿时间。

索性走进商场的咖啡小铺，点两杯冰咖啡。

商场里冷气十足，外面仍旧喧嚣灼热。

人来人往。

天花板，在几十米的高空。

好几部透明玻璃的观光电梯，不停地上上下下。

消磨了整整一个下午。

坐到了该去机场的时间，就出门打车去机场了。

Chapter **20**

我们终于有时间
谈谈老这件事

我并不觉得我妈老。

每次看我举起相机，她就对我说：照远点！照远点！

从上海回到北京，距离去马尔代夫还有一个星期。

我带母亲去几个大医院检查了身体，还去北医六院看了心理医生。

我妈对心理医生说，我现在比以前胆小了，老害怕有不好的事情要发生。

医生说，这就是老了的标志。

这次旅行，我终于有时间和母亲谈谈老这件事。

我问，妈，你觉得自己老吗？

我妈说，有时候觉得自己老了，有时候觉得没有。

我说，我都 31 了，你 58 了。

她说，至少我坐公共汽车的时候，还没有人给我让座。

我妈说，老没老，自己最清楚，照照镜子就知道了。

我安慰她，是啊！别说你，我现在照镜子，都有皱纹了……

她说，但是还好，我的记性还一点儿都没变，一点儿都不像个老年人。不信你随便问我个什么……

我妈虽然 58 了，但是白头发还并不多。需要在头上刨着找，才看得到。

她是个大额头，上面容易泛油，所以，也不容易长皱纹。

她说，我要到 65 岁以后，才开始穿那些老妈妈的衣服。

她现在喜欢穿浅色的衣服。穿运动服最好看，特精神。

她还说，这次回北京，喊你弟弟给我染个头发。

她的眼睛没问题。

牙齿也很好，吃起甘蔗来，快得和榨汁机一样。

虽然随着年龄的增长，她的腿没有过去灵便了，前几年得了一种关节病，膝盖疼痛无力，下楼梯都困难。但是，我父亲一直监督她吃钙片，买筒子骨回去炖汤喝。连续喝了两年，终于有了好转。这次出行，走陡峭的山路，都是她拉着我。

说真的，大多数时候，我真不觉得我妈老了。

但是，有时候，当我拉到她的手时，我就不这么认为了。

她的手，变得又干又瘦，变得粗糙，上面还有了小小的斑点。

每一年去机场接她，她都要比上次见到的时候瘦和黑。人似乎又更缩小了一点儿。我觉得很困惑：似乎就在昨天，她还比我高。

这几年，她不喜欢照相机的镜头对着她了。每次看我举起相机，都对我说：照远点！照远点！

我每次用数码相机给她照了相，都会先看一看，把一些很丑的先删掉，再递给她。

在清迈的酒店，我想和她一起用浴室，她突然用毛巾把自己挡住，说，你先出去。

我知道，她是觉得自己的身体已经不好看了。两腿瘦瘦的，但是肚子上却有一圈肥肉。

我想说，妈，我都是你生的，你还怕我看？

但我没说，我只是悄悄地退出去，把门关上了。

我心里酸得很。

我妈说，我生你们生晚了些，27 岁才生的你。用十几年来照顾你们三个，现在，你们都工作了，但还没成家，我就已经老了。人老了，退休了，没事做，就会想得多，如果早生你们，你们现在都有孩子了，我帮你们带带孩子，乐趣就多了些，也就不会有时间想那么多。

我好愧疚。

原来，头发花白、牙齿松落、皮肤松弛这样的事情，她都不怕。

她只怕老了的最大坏处，就是“有时间胡思乱想”。

Chapter 21

大头班车和绿皮火车

时光去了,它们也去了。

现在的小孩永远不知道那些是什么的东西，它们曾和我们一起生活过，见证了我们命运的动荡，目睹了我们的不幸和幸福，参与了我们的聚散离合。

坐上了苏州到上海的动车。干净宽敞的座位，每人发一瓶水。

空调冷得后悔没穿长裤。列车员穿着修身的裙子，围着小方巾，举止和空姐一模一样。

车一开，车厢里的人纷纷拿出自己的电脑和 iPhone4S、三星平板……QQ“啾啾”声、电影对白、“切水果”的刀锋声和“愤怒的小鸟”的叫声，此起彼伏。

动车以每小时近 300 公里的速度前行。

我妈看着窗外一晃而过的风景，突然说，还，真有点儿怀念当年的绿皮火车。

还有，那种，红色的，大头班车。

啊！大头班车和绿皮火车。我也想起来了。

那都是，曾经和我们的命运、生活息息相关的东西。现在的小孩永远不知道那些是什么的东西，它们曾和我们一起生活过，见证了我们命运的动荡，目睹了我们的不幸和幸福，参与了我们的聚散离合。

大头班车，是大红色的，有一个大大的鼻子。

我妈曾经坐着大头班车从云南搬家到四川，然后，不断在两地之间奔波。后来，她又看着它，把我们姐弟一一带走，各自去远方生活。

我妈说，我最怕坐那种红色的班车。几米开外就能闻见浓烈刺鼻的汽油味。坐进去，发动机开动，空气振动变热，跑起来颠簸不堪，没有一次不晕车的。

我每一次坐班车，都吐得死去活来。你也晕车，看见这种车子就哭，一坐上去就把黄胆水都吐出来了。我们娘儿俩真的很造孽。但又没办法不坐，每年，总有这样那样的事情需要出行。

大班车车顶上有个框框，里面可以放好多东西，有时候还坐过人。我年轻的时候，经常爬上去放行李，还把别人乱放的东西都整顿好，再用网兜一样的绳子，把它们固定起来。

那些年，大班车经过高山的村子，路边不懂事的小娃儿，衣不蔽体的，跟着车子跑。或者看见车来了就拿石头来打，还冲车吐口水，他们是为了好耍。

这些年，车子多了，路边的娃儿们也见怪不怪了。他们，就是当年捡石头打车子的那些娃儿的娃儿。

去年我坐班车路过昭觉县的一个村子，路边的娃儿竟然还停下来冲我们敬礼。我当时很感慨，世界变了……

绿皮火车，对爱到处跑动的人来说，就是流浪和远方的象征。而对我来说，就是奔波和疲惫。

那些年，你父亲病了，每年从西昌到成都，要跑无数个来回。坐的就是绿皮火车。

站台脏乱昏暗，人多，拥挤不堪，连行李架上都是人，臭汗淋漓的人。

空气污浊，透不过气。

我每次只买大人的两张票，你和你妹妹，一上车，就爬到火车的座位底下去躲着，晚上就在那里睡——睡那里是最好的，别人挤也挤不到你。

那些年，我们从来没有睡过卧铺。

等我们家有钱睡卧铺的时候，火车已经不是绿皮火车了。

绿皮火车的厕所，永远臭不可闻。

在我的印象里，里面好像永远有人在吃东西，那时候还没有方便面，吃得最多的就是橘子，那个东西一剥，就知道有人在吃橘子了。

还有人打牌，永远有人在打牌。

绿皮火车里面很热，挂着电风扇，但是一点儿不管用。

绿皮火车的窗户可以打开，把两边的插销抠出来，向上一推，风就灌进来了。我喜欢开着窗户坐火车，听汽笛的声音，有时候把头伸出去，还能看见在后面蜿蜒的车尾巴。但是，那样很危险。尤其是火车靠近小站，要特别小心，身手矫健的贼，会在一眨眼的工夫，就爬在窗子上，把你挂在窗边的包和行李抢走。

我曾亲眼见过一个小偷，火车已经开动了，他还挂在车身外面……最后他跳下去了。

绿皮火车永远晃晃荡荡地前行，慢，但是没有人埋怨。

不知道从什么时候起，大头班车和绿皮火车，它们慢慢地消失了。

现在的人，有了私家车，坐飞机，坐动车。行动的速度越来越快。一天，就可以从我们乡下的家，到北京。

但是，有时候，我会想到它们，它们去了哪里？是不是有个我们不知道的地方还停放着它们？还是已经被投入熔炉，燃烧成水？

时光去了，它们也去了。

Chapter **22**

马尔代夫

海上的日子。

这就是我们在海上的日子。
每天观看日出、日落。枕水而憩。
海风徐徐。
繁星点点。

深蓝， 浅蓝，蓝得发黑。

这是一个蓝的国家。

母亲坐上快艇，在海上飞速前行的那一瞬间，发了一个感叹：好大的水！

这是她第一次看到海。

快艇上坐了我和母亲、一对意大利情侣，还有一个独自前来的不知道是哪个国家的中年男人。

这一天，我们在波音767上，经过漫长的7个小时的飞行，降落在这个无边海上的机场小岛。

马尔代夫，距离我家，有4000公里。

登上快艇，在深得发黑的海上飞速前行，母亲稍微有点儿紧张，我能感觉得到。

没有丝毫的喧嚣。

如果快艇安静下来，会只剩下水的声音。

快艇跑了半个小时，突然歪着身子画了一个半圆，拐了个弯。

眼前海的颜色就变了，从深蓝变到浅蓝……

一个有着长长的白色沙滩、中央全是高高棕榈树的岛就在眼前。

在岛上的工作人员，95%是男性，皮肤黝黑，眼睛明亮，勤劳坚韧。他们来接我们，接走了行李，然后带我们走过长长的栈桥，到大厅坐下，递上一杯冰凉带果肉的果汁和从冰柜里取出的白色小毛巾。然后拿走我们的护照。

过了几分钟后，系着一个圆圆的木头的钥匙，到了我们手里。

因为和母亲出行，没有订昂贵的水屋。心里有些忐忑：沙滩屋到底好不好？

当我走进它的时候，顾虑完全消失了。

整洁的房间、柔和的灯光、露天的浴室、大大的落地窗外，就是蓝色的海，阳光晃眼。

像天堂一样美好的景色！

我欢呼一声，冲向面对海的那扇门。

但是。

还没来得及冲到海边，就停下了脚步。

隔壁，我们的邻居，几个人，正围坐在一起打扑克。说着吵吵嚷嚷的四川话，从话语里能听出来，打的是斗地主。

我的心，瞬间从天堂坠落到地面。

我冲回屋子，对母亲说，马上给前台打电话，换房间。

母亲正在把衣服一件一件地往衣柜里挂，问，怎么了？

我说，隔壁居然有几个四川人在那里打牌！非常吵！

母亲说，是吗？遇见半个老乡了啊！不好吗？

我非常激动，不行！我坐了7个多小时的飞机，花了这么多钱，到了这里，

是要听他们打牌吗？

母亲不同意换房间，原因有二：一、我的东西已经都拿出来摆好了。二、就算他们吵到你，你也要学会宽容和接纳！

我拗不过母亲。

那个晚上，心情非常毛躁，因为隔壁的斗地主声一直没有停止过。

尖厉的笑声穿过厚厚的墙壁，钻进我的大脑。

母亲因为疲惫已经睡着了。

我感觉到火气，又无法发泄。只能躺在床上，劝自已入睡。

宽容和接纳！宽容和接纳！宽容和接纳！宽容和接纳！在内心一再这么劝自己。

隔壁又一阵笑闹。

唉！我叹了口气。

你睡不着吗？母亲翻过身来。

嗯。我气呼呼地回答她。

母亲说，那我陪你出去坐一会儿吧！

我翻身起来。

打开门，扑面而来的是海水的味道，微弱的灯光下，一只机灵的小蜥蜴迅速地从门口的沙滩上爬上了树。

我们各自提了一把躺椅到沙滩上，距离海水一米的距离。

不远处，在海上，有一个防波堤，深夜里，黑压压的浪涌过来，撞击在岩石上，发出像打雷一样的声音。

我们躺在躺椅上，仰望天空。

浩瀚夜空就在那里。

我的心情好多了。

从看到星星的那一刻起。

开始忘掉那些人，享受这个令人陶醉的夜晚。

一颗流星从天空划过。

第二天一早，我和母亲早早出去，走在沙滩上。

晨光初露，一切静谧迷人。

清晨的海水，干净，透彻，蓝得醉人，一夜之间，退出去不少。

我和母亲绕岛走了一圈，这成为我们每天的保留节目。

朝阳无限好!

远方有淡红色的朝霞。它的范围在逐渐扩大。天的颜色，在逐渐变明亮。

又将是明亮炎热的一天。

在沙滩上，母亲像个孩子一样快乐，捡贝壳、寄居蟹、白色的被海水冲上来的珊瑚，说它们像什么什么。我一直拿着相机给她照相。

来到海边，她似乎一下年轻了十几岁。

我是多么高兴看到她这样。

然后去吃早餐，早餐有几十种，我和母亲吃了面包、煎蛋和大量的水果。

蓝色海水，由浅到深，去向天际。

椰树，生机勃勃。

一种长腿的海鸟，喜欢站在沙滩上，凝神远视，优雅淡定。

白色小螃蟹，跑得飞快。刚看见它们的瞬间，就已经不在了。

这些景色，是在沙滩上看到的，我和母亲并排在那里坐了两个小时。

马尔代夫在赤道上，太阳很晒，但是凉风习习，不会难受。细细白沙，被晒得暖和，充分温暖着脚趾。

在这里，向任何方向看去，都是一幅干净醇美的风景画。

然后我们换了泳衣，走进大海。

这里的海水是温暖的，海浪不大，轻轻推着我们。

母亲自小生活在江边，她很小就学会了游泳。所以，在海里，她轻松自在。

又是一个美好的早晨。

此时的天空，犹如紫红色的水晶堆砌而成。

光芒绽放。

远处有一只孤独的船经过。

大鸟从头顶飞过。

第二天，坐多尼船去参观当地人的渔民岛，然后再去一个无人岛烧烤和浮潜。

一个小伙子是我们的向导。

他带我们行走在渔民岛的大街小巷，介绍，那里是学校，那里是医院，那里是商店。

马尔代夫有1000多个珊瑚岛屿，其中200多个有人居住，这200多个岛中，有90个被开发成了度假酒店。

当地人喜欢把自己的房屋刷成各种靓丽的颜色：蓝色、黄色、紫色。还喜欢在院子里种植高大的植物。让它们茂盛生长，探出围墙。

每户人家，都有一个一人高的黑色大水桶，有一根管子，接在屋檐上。那是用来收集雨水用的。看到这个水桶，母亲感叹当地人生活得不易。

老人，喜欢坐在门口用铁架子和网兜做的椅子上休息。

小孩，基本上都不穿鞋。

女人，都围着头巾。

男人们似乎都出去打鱼或者去度假岛工作去了。

向导介绍说，在这个岛上，教育和医疗都是免费的。

穿过一个学校的简陋足球场，我们到了一片荒草萋萋的野地，那里有一个造船工厂。

一走进那个大仓库一样的棚子，惊呆了。

一艘大船，正在建造之中。

它被架起来，有好几米高。工匠在旁边敲敲打打，间或跟我们打个招呼。

向导扶着我爬上梯子，往里看，这是我第一次看见木船的内部结构，里面复杂精巧，空间巨大！我们平时坐船，只看见了船露出水面的那部分，我不知道，水下，船竟然还有这么大的一个肚子！

从船厂出来，向导在野地里摘了几颗红色的野果子：你们尝尝。

那是一种酸甜比例完美无缺的果实。

看我和母亲喜欢，他马上钻进树丛，又拿了两把出来，递给我和母亲。

回到海边，在上船之前，有一个老人在叫卖椰子。

我付了他一美元和母亲一人喝了一个，新鲜解渴。喝完，正准备把空椰子放下，老人摆摆手，用砍刀把椰子破开，再砍了一小块椰子壳做勺，示意我们用勺挖里面的椰子肉吃。哇！原来，嫩嫩滑滑的椰子肉才是整个椰子的精华！

看我和母亲吃出惊喜，老人笑得很开心。

隔壁那帮人走了。

门口的沙滩上留下了大量的垃圾，康师傅方便面盒子、一整条中华烟的

烟壳，尤其刺眼。工作人员来扫地，问我，他们是哪里的?

我羞愧一笑。

他就说，我明白。

浮潜是到马尔代夫来每天必玩的项目。

在无人岛烧烤之后，向导把剩下的面包都装在一个大矿泉水瓶子里，然后带着我们去浮潜。

母亲因为无法适应戴上面镜、呼吸管、脚

蹼的感觉，放弃了。

我怎么也得试试。

装备穿戴齐全之后——

GO！向导说。

我们扑进了水里。

海水真透明！

庞大的珊瑚群，在阳光下，显现五颜六色。

我们听着自己的呼吸声，在水里看见各种颜色的鱼。

太美了！我跟随向导，向深处游去，看到了海龟和尼莫。

向导打开矿泉水瓶子，把面包挤到我手里喂鱼。

一大群色彩斑斓的鱼向我包围过来，来抢我手里的面包。一不小心，手会被咬到。那种感觉，好奇妙！

突然，我紧张起来。

因为游着游着，到了海沟边缘。

那种感觉，就像，你正开心地玩着，突然发现自己是在一个几百层高的楼顶的边缘，你往下看，那里颜色发黑，深不见底！

寂寂深海，无边无际，我感到恐惧。

赶紧探出头，对向导说，回去吧！

回头一看，我们已经离岸好远好远了！

等向导把我拉回去的时候，我已经筋疲力尽。

几乎是爬上沙滩的。

我妈呢？我问向导。

那里！他指给我看。

母亲在海里，游得正欢呢！

我坐在沙滩上，等我妈游回来。

刚才又来了一条船，这个岛上又多了几个人。

旁边，一个女孩趴在沙滩上晒背。她的身边，还有一个躺在树荫下看书的男人。

几个六十几岁的老太太，正欢叫着扑进海水里。

两个小孩子，带着游泳圈，肩膀绑着气漂。被他们的爸爸一左一右扛在肩上，扔进水里。小孩四肢乱扑，眼睛进水，乱揉一气。他们老爸站在旁边，稳若泰山，不上去帮忙，只是守护着他们。

在离我不远的沙滩上，一个金发比基尼的妈妈带着两个孩子，把他们的爸爸埋进了沙子，只剩一个头。旁边是五颜六色的塑料沙滩玩具。

母亲游回来了，看上去意犹未尽。她高兴地赞叹说，这里的水，干净又暖和！

暴雨捣碎了空气。

我们去的时候，正好是雨季。

海的上空，很多过云雨。

一天之内，会有各种不同的天气。

早晨拉开窗帘，霞光满天，等我们迫不及待地洗漱完毕，打开大门的时候，

却发现已是暴雨如注。

只好坐在屋檐下，烧一壶滚水，泡茶喝。

等雨停了，我们就穿过花园去吃午餐。花园里有被洗刷得干净的植物，被雨打落的鸡蛋花。

海边的吧台，一个小伙子和一只大鹦鹉在那里工作，他们放的是雷鬼乐，那只开朗的鹦鹉会跟着摇头摆尾地跳舞。每天，我和母亲都喜欢去那里喝一杯新鲜果汁。

马累，是世界上最小的首都。

它只有 1.5 平方公里。

很多老式汽车和摩托。

我和母亲跟随向导走过大街小巷，穿过银行、清真寺、蔬果市场、商店、总统府、广场。

最漂亮的，是一座古清真寺，有 400 年历史，全部用珊瑚搭建，完美雕刻。

走着走着，突然大风大雨起来。我们马上钻进一家商店避雨。

进去了，才发现是一家布店，还卖地毯什么的。

真是巧了，母亲很喜欢逛布店，就在那里转来转去。最后，买了 5 块可以搭沙发的手工织的粗布，还买了两块产自巴基斯坦的小地毯。总共下来，还不到 200 块钱！

我有一种捡了大便宜的感觉，母亲说，你得感谢这场雨。

雨小一点儿以后，又走路去看鱼市场。

我和母亲都是第一次看到那么大的吞拿鱼，摆在地上交易。一条要卖100美金左右。

还有一种小鱼，会像银子一样发光，母亲对它们充满好奇，蹲在那里拍了好几张照片。

鱼市旁边是菜市，我们也去看了看，有好几种认不出名字的蔬菜。还有人在那里卖巧克力。

从菜市场出来，我们听见人群起哄的声音。

向导说，别过去，那里有人在游行。

我向那边张望。

向导说，别紧张，他们经常这样，下雨天没事干，就出来找政府的麻烦。

坐在海边的码头，等船来接我们的时候，我继续和向导聊天。他说他27岁了，已经结婚，太太快生小孩了。虽然这个国家也有些重男轻女，但是男孩、女孩他都会喜欢。马尔代夫其实是一个不错的国家，孩子上学不用交学费，生病了不用花钱看病。他对未来充满信心。

他看向游行的那边，说，说实话，我不希望他们闹事，我希望马尔代夫永远是一个和平和安全的国家。

我问，听说马尔代夫在20年后，会消失，是真的吗？

他说，有可能。现在我们的平均海拔只有1.5米。有的小岛，狂风暴雨之后，一个大浪都可能摧毁它。

说到这里，他的身上全是不安全和伤感。

云过来了，又过去了。

海上的风却一直凶猛。

从马累回岛的海上，浪很大，大到能扑进船舱。

我们的小木船在大浪里扬起，又跌落。

开船的小伙子一声不吭，坐在船里的人，惊叫连连。

我的母亲非常镇定，她拉着我的手。

沙滩上，正在开篝火party，火光和人群在沸腾。

漫无边际的风，把围餐厅的厚布吹得哗哗响。

我们在海边走，把脚浸入冰冷的海水。

潮水的声音使人不易冷静。总想想点什么。母亲拿着相机在拍，闪光灯发出刺眼的光。我也不知道，那些海水被光照亮以后，拍下来，是什么样子。

天上的星星异常明亮。

大海呼啸，海浪黝黑。

我知道，海浪下面，就是深不见底的寂静。

远处的人还在狂欢，伴着明明灭灭的火光。

这就是我们在海上的日子。

每天观看日出、日落。枕水而憩。

海风徐徐。

繁星点点。

没有电话，也没有电邮。

在享受了充沛的新鲜空气、阳光和雨水之后，享用了很多鱼肉和超多水果之后，母亲得到了完全的放松和休息。她变黑了，没喊心悸，脖子也不疼了。

乘坐美佳航空的夜班飞机回北京。

母亲准备睡了。

我帮她盖好紫红色的毛毯，对她说：

妈妈，这只是旅途的开始，今后，我还要带你去更多这样漂亮的地方。

Chapter **23**

有的人活着活着就死了 1

一个我认识的人，就这么从此消失了。

在活着的时候，好好活着。

母亲 突然说起：

你知道吗？以前卫生局院子里的小平死了。

我心里一惊。

尽管这些年，总是每隔一段时间就会听到这样的消息。

脑子里马上出现一个男孩的身影。

小时候，在那种满是果树的院子里，他和我们一起做游戏。印象最深刻的是，他能站在石头的滑梯上，用一种非常潇洒的姿态滑下去。

儿时的玩伴，突然死了。

他已经结婚了，妻子是我的小学同学。

他们有一个孩子，一起在县城的广场旁边开了一家烧烤店。

勤勤恳恳，生意不错。

但是有一天，一个地痞出现了。

地痞毒瘾发作，来要钱。

他给了。

过了几天，地痞又来，要200块。他没给。

地痞掏出了刀，刺向他。

他的妻子哭喊惊叫着扑过去。

谁也不相信，地痞会动手。

不然，200块，给了就是。

他被送到医院，已经不行了。

过几年就会传来认识的人离开的消息。

有些时候，那个人只是一个印象。但是听到消息，心里还是会难过，

其实这些年，已经没有什么交集了。

每一个，都让人不太愿意相信。一个我认识的人，就这么从此消失了。

每一天，到处都有新闻在说死讯。

战争、地震、车祸、自杀。

很多时候，对我们来说，那就是一则新闻和一个数字。

但在那个数字的背后，他也曾经如此真实地生活过，他的眼睛看过这个世界，他的心也曾经

历过欢欣和激动、恐惧和无助，他也有亲人、朋友的伤心和眼泪相送。

所有伤心和流泪的人，最终还要生活下去。

在活着的时候，好好活着。

Chapter 24

有的人活着活着就死了 2

说起曼娘，就想流泪。

说到『等我好了』，曼娘就哽咽到无声。她已经知道了。

在马尔代夫的大海上。
我们的船在暴风雨中颠簸前行。

我和母亲聊起了小姨。

我对母亲说，基本上每年，我都会梦到曼娘。

母亲最小的妹妹。

我们用家乡话叫她曼娘。

说起曼娘，就想流泪。

她曾如此真实地活过。

母亲姐弟 7 个，曼娘是最小的。我看过一张年代久远的黑白全家福，是在花椒林里照的，外公理着平头，年轻英武，大舅舅（他最喜欢看书）戴着眼镜，一副什么都想不明白的表情，曼娘扎着两个小辫子，咧着嘴，笑得天真烂漫。

母亲命运坎坷，但对兄弟姐妹照顾有加，曼娘不读书以后，就来到我们县城，在车站管理旅社。

我 12 岁那年，考上了市里的民族寄宿中学，要离开家出去读书。走的前一天，曼娘对我说，一个人出去生活了，我教你缝袜子吧。然后，就拿起针线，手把手地教，一针一针地做。

所以，我这么个大大咧咧的人，做起针线活儿来，总是让熟悉的朋友吃惊。今后的生活里需要缝补的东西越来越少，但每一年，总有一两次需要拿起针线的时候，每一次穿针引线，都会想起曼娘。

在外读了几年书，每年往返回家几次，记不清是哪一年，曼娘离开了那个县城，去了别地。

有一个暑假，那天下着瓢泼大雨，外婆带着曼娘突然来到我家，外婆脸色难看至极，原来，曼娘生病了。比生病更严重的是，她怀孕了。那个男人，有家室。比这个还严重的是，这个病，需要做一个选择，如果将孩子打掉，曼娘今后将永远不能怀孕。如果留着孩子做手术，将非常危险。

那个晚上的雨一直没有停，我们一家人度过了难眠的一晚，天亮了，曼娘决定，冒着生命危险把孩子生下来。

乡下人嘴毒，她“躲”去了二姨所在的城市。

孩子生下来了，我和妈妈去那个城市。外婆带着我们，在一个菜市场里拐来拐去，找到了那间屋。曼娘瘦了好多，见我们进门就要去买菜……

孩子呢？

他在里面，乖得很，不爱闹。曼娘欣慰地说。

我们进去看，孩子长得真好，在昏暗的房间里，正睁着眼睛躺在床上蹬自己的小脚玩。

这孩子打生下来就知道疼惜自己的母亲，除了饿的时候哭一哭，做个提示，其他时候都乖乖的。

那男人离婚了，和曼娘结了婚。曼娘生的是儿子，他前妻只有一个女儿。

后来我离家越来越远，离亲人们越来越远，间隙会听到一些消息：曼娘的孩子很聪明，上学了，可是那男的，好像和前妻还有些交往……

在北京这几年，生活琐碎烦恼，除了父母弟妹，对亲人的关心疏了许多。在 2005 年秋天的一个下午，我坐在前男友的车里，我们谈笑风生，准备去郊外一个风景秀丽的地方……手机突然响了，妈妈说，曼娘查出了癌症。

我愣住了，看着车窗外，不知道该怎么去接受。心里很堵。在沉默了很长时间以后，还是和男朋友去完成了那次秋天的旅行。

有些人，有些事，隔得远了，如果你选择不去想，就像没有发生一样。

生活在继续，曼娘的病在电话里，有时候听说好些了，有时候又听说不行了。

2006年，我趴在英国住所小房间的窗户边，看着对面教堂上空飘浮的云，给曼娘打了一个电话，那时候她的病已经恶化。妈妈一直在身边照顾她。

我说，曼娘，等我回国我就去看你。

曼娘说，你不要着急回来……一个人那么远，哪个照顾你？你要照顾好自己，等我好了，你再来看我……

说到“等我好了”，曼娘就哽咽到无声。她已经知道了。

那是我听到曼娘对我说的最后一句话。每一次想起，都忍不住泪流满面，当时为什么没有多说两句呢？曼娘，我想问你，这短暂的一生，你有多少感到幸福的时刻？

生活仍在继续，我们都知道那一天终会来临，但在心里，都默默地祈祷有奇迹来临，或者，晚一些，再晚一些吧。

有一天，接到妹妹的电话：曼娘走了。

连续好几天，都在夜里睡不着觉，在黑夜里偷偷哭，不明白不相信，我好希望曼娘能到我的梦里来一趟，告诉我这究竟是怎么回事？

生命太残忍。除了默默忍受，我们毫无办法。

每一天，我们都执着于眼前的那点悲喜，碌碌营营。

岁月漫如长河，生命短如朝露。

只要想一想，再坚强的人，也脆弱。再无情的人，也流泪。

谁能天天想？

不过想一想，是不是会更懂得“把酒言欢，人生几何”？

至少不要再为那些琐事烦恼。

早晚一场空，何必呢？

Chapter **25**

小城

清迈是宁静和淡定的。

清风。阳光。绿树。花朵。小巷。老宅。寺庙。咖啡馆。书店。
这是我们看到的清迈。

热闹与慈悲、鲜花与微笑、平和与安定、古朴与宁静。这是我们去清迈之前，所听到的，一切形容清迈的词语。

蓝天。

白云。

清风。

阳光。

绿树。

花朵。

小巷。

老宅。

寺庙。

咖啡馆。

书店。

这是我们看到的清迈。

早晨 7 点半。

窗外的大树还隐匿在朦胧的雾气下。

我和母亲走下木楼，穿过一条种满兰花的小道，去拜象神。

一位身着粗布衣服的农民，卷着裤腿儿，拉着一头敦实的长着两个大角的水牛从身边走过。看见我们，他露出憨实的微笑。

远处，泥泞的水田里，已经有戴着斗笠的农民在低头劳作。

森林里，穿褐色丝绸衣服的服务员在清理草地上落下的树叶。

这里，不是泰国的乡村，而是清迈四季酒店。它曾被评为全球十大奢华酒店之一。

象神，在酒店大堂的院子里。

它的面前摆着一盆清水，清水里细致地摆着密密的鲜花。

母亲没有住过五星级酒店，我就带她到这里来住一住。

这个在清迈郊区的森林中的酒店，在征地建造时，保留了田地，让农民可以继续在那里耕种水稻。

我们住的双层小别墅，全部由柚木建成。楼旁，是一棵可以完全把这个别墅笼罩的大榕树。这里爱下雨，树叶被清洗干净，发亮。

下雨的时候，这个别墅有略微的漏雨。

但我毫不介意，这正是我喜爱这个纯木结构房子的地方。

服务员能讲流利的英语，进门脱鞋。

大浴缸，可以拉开帘子泡澡，窗外全是树，没有人看得进来。浴缸旁边摆着法国香皂，还有陶制的小瓶罐，里面的沐浴露相当好闻。

衣柜里，有用清迈的传统麻布做的服装，如果你愿意，可以穿着上街。

酒店很大，山坡上有温泉，稻田边有泳池，每个房间的楼下都停有一辆自行车，我们可以随

时骑着它四处闲逛。

每天早晨，我把早餐叫到房间的二楼阳台。我们在从叶间照进的阳光和鸟鸣中吃早饭。

基本上每天都有一场雨，雨后非常凉快。

每个早晨，酒店的车，会把我们送到清迈古城门口。

古城是四方的。四面有城墙和护城河包围。地图很容易看懂，迷路了也不用紧张。

租摩托车和自行车出行的人很多。不需要驾照，交押金或者把护照押在那里就行，也可以不要锁。

有很多老式汽车，路边有很多咖啡馆，还有书店。

到处都是随便转悠的人。各色人种穿梭其中。人字拖和背心是最常见的装束。一路，都会有人给你善意的微笑和招呼，路边卖果汁的老奶奶也是如此。

对陌生人微笑的感觉，很好。

在古城里，车很多，却听不到急躁的汽车喇叭声。车会让人，行人快速穿行，右手对司机打出大拇指。两个老头儿，骑着侉子摩托，酷极了。

没有人流如梭，没有大声喧哗的景点。公共洗手间很干净。

我和母亲拿着地图，却没有任何方向地乱走。

路边就是葱茏的大树和电线杆，抬起头，电线错综复杂，一团一团的。

湄南河里，水草丰盛。

我们遇到的普通人家，都清洁美丽，门口或者院子里，摆放着古老的木雕，或者石像。市民们早上的第一件事，是去买鲜花，装点家里，或者挂在车上。一束鲜花，只需要几块钱。

流浪狗很多，它们过着舒服的日子。饿了，就会去寺庙找吃的，那里有人给提供食物。它们老有所依，所以，可以每天懒懒地晒太阳。脸上永远是淡定和享受的表情。

清迈有很多很多的小店，卖衣服、卖水果、卖手工艺品，或者是小小的洗衣店。

母亲发现，清迈洗衣店很多。

我说，那是因为这里气候宜人，物价便宜，真正称得上物美价廉。只需要花很少的钱，就能住得很好，抬腿出去吃任何东西都好吃。所以，在这里暂居的其他国家的人很多，公寓里一般不提供洗衣机，所以都拿到外面来洗。很便宜，3 块人民币洗一件衣服。

隐匿于大街小巷中的慈悲佛像，他们身上有风雨留下的痕迹，但是嘴角的微笑从来没有变过。

基本上走不了几条街，就能遇见一座寺庙。

初晨的阳光，照在庙宇的墙上。

穿橘色长袍的僧人，徐徐行走。头皮青色，都是年轻的少年。眉清目秀，目不斜视，内心安定，举止恭谨。

走在清迈，一切井然有序，仿佛千百年前就是这样的，现在的人们也懒得改变什么。

清迈是宁静和淡定的。同时又有一种无形的坚韧的东西承担着。我想，那个东西，应该叫信仰。

傍晚，我们搭乘 TUTU 去一个河边的大排档吃饭。

TUTU 车，是一种红色的公交车，20 铢一个人。招手即停。说不清楚就拿着地图给司机看看就行。

几张长条桌，搭个棚子，吹着电扇。三三两两坐着的，都是当地人。

在那里，可以闻到河水的气息。

点了凉拌青木瓜丝、鸡翅、冬阴功、牛肉汤、椰子汁，鲜香清淡。两个人吃了 45 块钱。

一个法国老头儿，提着篮子，叫卖他做的点心。

一个独身吃饭的女孩用英语和他说话，买了两个马芬。

听口音，她应该是中国人。于是和她打招呼。

是的，她就是中国人，来自深圳。

她说，她就住在这附近，每天的事情，就是睡到自然醒，然后打开电脑，看看该去哪家口碑极好的餐馆吃饭了。她搜罗了一大堆有名的好吃的地方，

一个地方一个地方地吃过去。下午闲逛，晚上泡酒吧，听说哪个地方有什么活动，就和新认识的朋友跑去参加……或者逛夜市。

这是多少吃货梦想中的生活！

吃完了饭，有个妇人拿着香蕉树干和莲花过来售卖。说可以教我们制作水灯。

在一块香蕉树干上，包上香蕉叶，再点缀一朵初开放的莲花，中间放一支蜡烛。简单漂

亮。

妇人带我们去河边放水灯，说，对着它祈祷，它能实现你的愿望。

我把水灯推入河中，看它随波漂远，许愿，希望我母亲的身体健康，能顺利度过这段精神上的危机，快快乐乐地生活。

河边，还有好多人在放天灯。

天灯被点燃，缓缓上升，直至消失在夜空，看不见。

天色越来越晚，河上的天空，挂满了明灯，宛若繁星。

四季酒店。

一天的步行之后。

安身在一个洁白的浸满热水和泡沫的浴缸里。

香气四溢。

窗外是被灯光照亮的绿叶。

一个阴天，我去租摩托车，老板知道我还载着母亲，就千叮咛万嘱咐，一定要小心地骑，“因为昨天有一个游客，骑摩托车，摔断了右腿，出门在外，还是安全一点儿好”。

200 铢一天，还花了点儿钱去加了点儿油。

我们戴着头盔，上素贴山了。

清迈是靠左行驶，刚开始不太适应。

看着警察更紧张。

母亲却在身后赞叹说，这里警察的衣服很好看，都很修身。

本地人骑摩托车都开得很快，嗖地一下就不见了。

我带着我妈，必须慢慢骑，不着急。

全是盘山路，弯弯绕绕。松树很多。

接近山顶，气温降下来。开始变冷。

从背包里把衣服拽出来穿上。

各种旅游车和 TUTU 擦肩而过，车速极快，惊险十分。

我心里有点儿紧张，但不能表现出来。

盯着眼前的路，放松前行。

摩托车碾压路上的小石子，刷刷前行。风清凉湿润，母亲把手环在我的腰上，后来又靠在了我的背上，她在用我的背躲避带点小雨的风。

骑了两个多小时，终于到了山上的双龙寺。

一个神圣的地方，进去之前要脱掉鞋子。

寺里用清水养花，很多睡莲。紫色的尖形花瓣，嫩黄的莲心，似乎不沾染一丁点儿尘埃。

阳光又从云雾中钻出来了。

寺庙都是金色的，颜色很纯，第一次觉得金色那么美。

晃眼。

走进寺庙，会有僧人洒一些清水在头上。

屋檐下，挂着风铃。风铃摇晃，发出有意味的响声。让人总忍不住一次次抬头去看它。

双龙寺有个大平台，可以俯瞰大半个清迈城。

在那里，云似乎就在脚下。

下面的小城，一半天晴，一半落雨。

在清迈的热带密林之中，有一个大象学校。

蓝色布衫的驯象人领着年龄不一的大象出场了。

主持人一一介绍它们的名字，它们有礼貌地给游客行礼。

我特别喜欢那只小象，给人致礼，憨态可掬。

聪明敦厚的大象，它们会唱歌、跳舞、踢足球，让人意想不到的是，它们还会画画，画完，还能签上自己的名字。

表演完了，母亲拿了一串香蕉去喂它们，它们会自己翘起鼻子来取，还会用鼻子取过一顶帽子给母亲戴上，很乖。

看完了大象表演，我们打着一把紫色的伞，在小雨中骑象穿过一条河，进了丛林。

丛林里都是阔叶的大树，弥漫着浓雾。我们坐在象背上，伸手就可以碰到树叶。

从山上往下看，可以看见一条河，有一家人在那里漂流，小孩子戴着头盔，自己抬着橡皮艇扔进水里。

他们漂下去了。激流之中，孩子们奋力划着。

橡皮艇被高高抛起，又跌落下去。

突然，我母亲一声惊呼，原来，是小孩子被抛进水里了。

他家大人去捞。像拎一只小鸡一样，把他提了上来。

真是险象环生！

母亲抚着胸口觉得不

可理解，好危险，这些大人有点儿疯了！

但是，我看见那个被捞起来的孩子，正拍着滴水的救生衣，哈哈大笑。

下山之后，我们穿过一大片田野，田野上过来一只象，没有赶象人，一个金发女人穿着绣花丝绸坐在象背上，缓缓走过来，有穿越时空之感。像某个电影的画面。

从象背上下来，我和母亲选择坐竹筏顺流而下。

河两岸都是龙眼树。

一群老外光着脚从山上跑下来。筏工告诉我们，他们常年住在山上，自己种植大麻，在那里过神仙日子。

河边也有很多柚木搭建的民居，可以租给游人，每个房子都有一个大大的木头露台，面对雨林和河流，供人在那里清修与冥想。

来泰国，要去做按摩。

我和母亲没有选择那些名声很大的按摩店，而是走到了一家游踪罕至的深巷里的小按摩店。

那里，别有情趣。

一进门，脱鞋的地方就有主人搭建的一个小喷泉，叮咚作响的水从高处洒落到地面的植物身上，空气也润润的。

厚实温暖的白毛巾，鸡蛋花。

紫色的床单。

温热的油。

按摩师会在整个过程中细心询问你的感受，好调整自己的手法。

200铢能做一个很舒服的泰式按摩了。尽管正宗的泰式，被拉起来的时候会很痛。但是痛过了之后，身体会从里到外都感到轻松。

按摩完之后，我和母亲去逛夜市。

披肩和围巾是夜市最常见的商品，还有各种包。

但我们最喜欢去逛手工艺人的集市，有很多艺术家常年居住在清迈，他们会到夜市来卖他们画的画，或者雕塑。可以讲价，但是如果还价太离谱，艺术家只会笑着摇摇头。确实，已经很便宜了。

我买了一个木头雕制的大象，只花了60元人民币。还有一个绣花的背包，20元人民币。母亲买了一对银耳环，30块钱。

还买了两张布织的毯子。母亲问买来做什么，我说，遇到半夜转机或者飞机延误的时候，可以铺在地上睡觉。（后来，它们果真派上了用场。）

TAXI

手工肥皂和精心雕制成的肥皂花，放在木盒子里，让人忍不住抓起来，闻了再闻。

有个女孩子，做了布缝的大象，颜色艳丽，憨态可掬，很抢手。

还有各种小吃，不用心疼钱，10~20 铢就能吃到不少好吃的。

我喝了好多新鲜果汁，便宜到咂舌。

集市上还有音乐人摆摊表演，路人跟着节奏摇摆跳舞，乐在其中。

在清迈住了一周，离开的时候，母亲很不舍。

她说，给我印象最深的，就是清迈的人，他们似乎永远都不慌不忙。

他们不富裕，但是似乎也不着急。

旅游国家，却丝毫没有抢钱的架势。他们只接受不多的报酬，却能为游客提供最美好的服务。温和谦恭，双手合十，笑容温暖。

这里很少能看见胖女人，可能跟她们饮食清淡、爱吃水果有关。再加上衣裙收腰，袅娜生姿。

我们经常在路上遇见学生妹，校服别致好看。三三两两的学生出来，坐在学校门口聊天。偶尔会有一个小妹妹抬起头，黝黑纯净的眼眸子，发现我暴露在车窗的镜头，就微笑，目送我们远去。

成年的女孩子皮肤白皙，素净的脸，扎着马尾辫。

再大一点儿的，喜欢挽着发髻，侧面别着鲜花。

当然，我也遇见过浓妆的泰国女孩，喜欢画下眼线，眼尾拉长，极尽妩媚。我上前向她问路，她照样声音温和，很 nice。

Chapter **26**

香港

台风。

哪有总是一帆风顺的旅程呢？

到香港的时候已经夜里12点了。出关，排队打车，驶出机场，一身大汗。

出租车是皮质的座椅，但已被磨旧。开车的司机一直沉默，座位旁边贴着一张全家人的合影。

外面在下雨，车在高架路上快速地移动，驶过高架桥，钻入灯火通明的隧道，然后再出来，进入潮湿漆黑的夜。

临近市区，我们看到一栋栋的高房子，一个个小窗户都亮着灯，就像灯光的森林。

看到这样绵密的灯光，母亲疑惑，他们现在都还不睡吗？

是啊，现在已经凌晨1点半了。

香港的住宿，在网络上早就定好了。便宜的，也近800块。好的酒店，更是贵得惊人。

司机把我们拉到尖沙咀的一条街边，指着一个小小的巷道说，就是这里了！

我们拖着行李，穿过只有 1 米宽的灯光微弱的肮脏巷子，然后进入电梯。

电梯最多能搭 4 个人，里面闷热难闻。每次停的时候，还会上下抖动两下。

哐啷一声，电梯门打开。

所谓前台，就是一家人的客厅。一对老夫妻，戴着眼镜接待我们。

我们出示了预订短信，拿到钥匙和一个电视遥控器。老太太一再叮嘱我们不要乱按英文面板的遥控器，说很多大陆游客把她的遥控器按坏了。

我已经很累了，有点儿不耐烦地说，我们很少看电视。

再次上电梯，爬两层。

找到了房间。

一推开门，一股热气扑面而来。

不到 10 平方米的房子，就像一个地下室，没有窗户，厚厚的防火门，狭窄的浴室，日光灯。虽是双人床，但可能只有 1.2 米宽。

母亲不能住没有窗户的房间，我马上下楼跟店主交涉。但是老头子用半生不熟的普通话说，没有啦，每层都只有两个房间有窗户，订的时候，难道代理没有告诉你吗？

确实没有，我回到房间打电话给代理，要求更换酒店。但是，代理说，那一天，香港所有的酒店，都满了。

我很生气，也很着急。

母亲说，算了，就在这里吧。出门在外，随遇而安。这个房间虽然闷一点儿，但你看这个床还是很干净的，没有窗户，把空调开着就行了。

也只能如此了。

随遇而安吧。

我和母亲穿上长衣长裤，把空调冷气开着，盖上被子睡了。

第二天，趁着雨停了，我们去了南丫岛。

那里才是香港最值得去的地方。

我有个朋友，曾经卖掉房子，住去了那里。他孤身一人，夜里常去海里游泳，游出去很远很远，只有月光陪他。

现在，他去了北京工作。

我打电话给他，问他怎么坐船过去，他告诉我，在中环坐天星小轮就可以。

中环坐船，天星小轮，5 分钟一趟，到南丫岛只需要 20 分钟。

轮船离岸，我们看着岸边的层层高楼逐渐远去。

海上，看香港，看得更清楚。

一个繁华而狭长的城市。

现在，我们要避开繁华，去找一个清静之地。

那里很安静。

风很大，很凉。

这个岛，四面环海，蓝天净土，绿树葱茏。

一下船，就有告示告诉我们：这个岛，是完全禁烟的。

岛上没有机动车。

人们都是步行，或者骑自行车。

空气很干净，带有浓浓的海水味道。

有各种林荫路通往山上和海滩。很多人牵着大狗在路上散步。

那些树，没有任何人设计它们。

我和母亲一鼓作气爬上了山顶，走得微微出汗。

站在那里远眺海湾，听风声、海声和自己的呼吸声。

大片大片的风，从山头掠过。

我看见山腰，有一家人，晒了床单在天台上，床单高高地飘起来。

然后，我们慢慢沿着一条小路去海滩。

遇见一只奔跑的松鼠。

蝴蝶轻盈停落。

路过了一些人家，门口贴着出租房间的广告。

我好奇，就进去问了问。

带阳台的海景房，住一天，只需要200块。还带厨房，可以买海鲜回来自己烹煮。又新鲜又便宜。如果长住，还可以优惠，4000块就可以租到。

我对母亲说，下次来香港，就到这里住。

再往下走，遇到菜农，推车里同时卖着蔬菜和鲜花。一只甲虫赖在蔬菜上不想走。

一路，遇见不少卖海鲜的小店、比萨店、泰国小吃店、咖啡馆、书店。没有人在门口急吼吼地招揽生意。

榕树湾，最有人间烟火的味道。每一家小店都生意兴旺。

海鲜大排档超级便宜，一张张大桌子，碗筷已经放好了，只等我们过去，坐在海边开吃，味道鲜美。

去咖啡馆喝了一杯馥郁醇香的花草茶。

南丫岛上有很多流浪的猫狗，它们在这儿过着幸福的日子。在闹市的招贴栏上，贴了好多带照片的收养猫狗，或者寻找它们的告示。在街头巷尾，能看见墙角或者树根处，有人们放的猫粮、狗粮，还有用小盆装的纯净水。

我们路过一个小书店，本应该是客人坐的沙发上，一只睡着的猫把脚伸得长长的，完全不管明天的样子。

一家烤蛋卷的小店特别受欢迎，我们也去排了个队，从不多言的老板手里买到了软软甜香的金黄蛋饼。

墨鱼丸、咖喱鱼蛋、鸡蛋仔，都买一点儿来尝尝。拿在手里边走边吃。

坐船回香港，天气就开始变了。风大了起来，天上乌云密布。

第二天起来，只知道在下雨，不知道要刮台风，我和母亲去酒店前台打听怎么坐船去澳门。

老板娘说，不要去了，要刮台风了，海上浪太大！危险！

她指报纸给我们看：悬挂的是 3 号风球。

我们对风球没有概念，只觉得当时的雨还不足以阻挡我们出门，就撑着伞出去了。

毫无目的地四处走走。

招牌密布的城市，充斥着海洋、风、烧腊、商品包装、人流、汽车尾气的味道。

到处都是百货公司，到处都是商店，到处都是人。

我们没有想买什么，就跟着人潮到处走走看看。

在一家百货公司的门口，有人递了一张广告纸给我。

上面写着：

天际 100 大厦，360° 看香港。

本来想带母亲坐缆车上山顶看看的，但是看这个雨，恐怕有许多不便。

我说，妈，要不然我们到高楼上去看看？

母亲觉得逛街无聊，欣然同意。

天际100，世界第4高楼。

急速电梯，从1楼到100楼，只需要60秒的时间。

在高处，看见灰暗的大海，大大小小的岛屿，星罗棋布。

云，急速地从我们眼前涌过。

在393米高的楼层，看见整个香港像玩具积木搭成的，在暴风骤雨中忽隐忽现。

风大得似乎让人感觉得到楼在摇晃。

大滴的雨，砸在玻璃上。

透过沾满雨滴的大玻璃窗，海上，散落着大大小小的船。

那时候，我们不知道，一场10年不遇的大台风，正一点点地逼近香港。

从楼上下来，大厅里的告示牌，已经悬挂了8号风球。

8号风球，意味着什么呢？

从大楼里走出来，看见清洁工在路边检查下水道。还有穿着亮色制服的工人在检查马路两边的招牌和广告牌。

走进便利店，里面的员工在往玻璃门上贴胶带，防止门被风吹倒，玻璃炸开伤人。

我的手机收到短信，建议大家不要出门。商店和学校今天要早关门，所有公共活动取消。

路上、地铁里，全是匆忙往家赶的人。

从地铁站钻出来，外面天昏地暗，下着瓢泼大雨，楼边的广告牌被风吹得啪啪响。原本熙熙攘攘的大街上，几乎看不到人了。两个举着伞的人，被吹得东倒西歪。

公交车，已经停驶。

每天灯火辉煌到深夜的商店都拉紧大门打烊了。

路边的垃圾桶里，插满了各种伞的尸骨。

风大雨大，我感觉自己都快要飘起来了，就紧紧抓住母亲的胳膊，一步步往酒店跑。

还好，我们的酒店距离地铁站就几十米的距离。

到了酒店，我们打开电视，看到天文台在说，风速还在增加，有可能要改挂 10 号风球。

那个下午，我和母亲就待在房间里看电视。

有时，我们也会好奇地跑到过道上，透过窗子，看看外面。

我们只看见，在高楼和高楼之间的空隙里，雨，是横着下的。

街上，已经一个人都没有了。地上全是树叶和残枝。

电视画面里，还有记者在大风中用颤抖的声音播报，然后镜头转换成被大浪拍击的海岸、风中乱摇的树枝，还有一个被吹得飞了出去的路牌……巴士已经停运。地铁里，都是滞留的人。他们坐在地上，看书看报，神情安定，有政府和福利机构的人在给他们分发水和毛毯。

那一晚，好多人是在地铁里过的夜。

第二天，一醒来，打开电视。

昨夜，有1000多棵树被吹倒，138人受伤。

母亲感叹，香港人在遇到天灾的时候，处理得很镇定有序。

是的，我们亲眼所见，极端天气来临，香港所有的媒体都会把最新的资讯放在最重要的位置。电信公司会将提示短信发到每个人的手机里。所有的地铁、商场、小区，都会在大堂张贴风球告示。所有学校停课，所有公司停工。一般的公司，都会让员工提前两个小时下班，以便在风球到来之前回到家。遇到困难的人，会有机构收留照顾。滞留地铁的人，会有人送去保暖的东西。

与此同时，网络上，还在报道北京，一

场大雨淹死了不少人。

那个小旅馆，因为外面的狂风骤雨，一下变得安全和温暖。

我和母亲坐在床上，围着被子，聊了整整一天。

在离开香港的头一天晚上，台风过去了，但仍下着小雨。

我带母亲去了维多利亚港，看晚上8点的灯光秀表演。

表演者，是两岸的高楼，在音乐声里，射出频率不一、色彩不一的光线，变换着图案和方向。就是这样。

时光飞逝。

灯火如幻影。

我问母亲，来香港，遇到台风，我们没去山顶，没去海洋公园，也没有去好好逛逛街，你觉得遗憾吗？

母亲说，不遗憾。遇到台风，反倒让我觉得这一段很特别。哪有总是一帆风顺的旅程呢？

Chapter 27

北京，北京

多少人，还在守着那奄奄一息的碎梦？

有很多很多的人，在北京实现了梦想，然后变成了一个世俗的人。还有很多很多的人，他们的梦想，如那首歌里唱的，是奄奄一息的碎梦。

我也曾感动于汪峰的《北京，北京》。听一遍，心里难过一遍。

我 19 岁时一个人来到这里。现在已经 31 岁了。

完全、完全地，能理解“我希望人们把我埋在这里”。

就因为，在这 12 年里，我在这里哭得快要死去的时间，要比欢笑的多。

曾不止一次地对人说过，北京，它是一个包容的、能帮你实现梦想的地方。不管你是谁。

事实就是如此。

12 年前，无知懵懂的我，抱着“要去大城市生活”的梦想就来了。是的，我当时的梦想就是这么简单，所以，我能住在地下室而不觉得苦，因为我真的生活下来了！我的梦想实现了！然后，在北京，我又有了一些别的梦想，比如：我想去写字楼上班、我想做一个编辑、我想出版一本书……

梦想，让我做出选择，我的选择，帮助我实现了它们。

有很多很多的人，在北京实现了梦想，然后变成了一个世俗的人。

还有很多很多的人，他们的梦想，如那首歌里唱的，是奄奄一息的碎梦。

在北京，我最熟悉的地方有人民大学西门、苏州桥一带。还有五道口、二里庄一带，还有王府井、左家庄，以及安贞桥。

我熟悉地铁一号线。

还有出租车里，电台的节目。

我熟悉每一年暖气什么时候来、沙尘暴是在几月。

在我精力旺盛的那些年，我也喜欢去三里屯跳舞。一跳跳到天亮。

在南锣鼓巷兴起以后，我也喜欢去那里逛，熟知每一个小店的位置。

我看过无数的话剧、舞剧，还有各种摇滚演出。

参加过各种各样的饭局，直到厌倦。

这中途，我离开过好几次。

在二十几岁的时候，真的很渴望远方，不惜辞掉工作，放弃一切，让自己出发。

我不怕一再上路。不怕去陌生的地方。于是，我一次又一次退掉房子，拿着行李就走了。

这个世界很大，经常，到了某一个地方，我就有停下来、租一间房子长住的冲动。

事实上我也这么做过。但是，很快，那种热情就会消减，那些走过一遍又一遍的街道和天天都去的小餐馆，最终又会让人想逃离。

后来，我又回北京了。

我也不知道，它魔力何在。

我在北京爱过好多人。

最长时间是 4 年，最短的 4 天。每一次，我都是认真的。

但是，在拥挤的人群中，找到一个真心的拥抱，是何其难！

我曾一次次地受伤，直到不那么容易受伤。

有太多长期远离故乡的人住在北京。大多数时候，他们真的就把租来住的房子当作“家”，布置它，清扫它，在那里做饭、睡觉、请朋友来做客。直到房东打来电话。

在北京，有太多的人，始终一个人。即便无依无靠，即便孤独到绝望，他们也没有选择离开。

每一次夜晚坐飞机回来，在高高的天上，看着下面那一大片灯火。

那一刻，我能看清楚整个城市。

但是，我无法洞悉城市里所发生的一切。

在那里，在那个叫北京的城市里，有多少被撕破的、被蹂躏的、被折磨得筋疲力尽的心脏还在跳动？

有多少随命运飘荡的人在靠寻找乐子度过漫长时间。

过街天桥上多少人发出梦呓一般伤心的独白。

多少家庭妇女正捋去脸上被汗水打湿的头发走进厨房，脏的碗碟还在那儿……她的男人，正从酒吧醉醺醺地出来，对天发出怨言和咆哮……

加完夜班的人，坐在公共汽车里注视着前方……

有人在对着电视傻笑……

有人在安安静静地绝望……

需要有多么坚强的心脏，才能了解一个完完全全的北京？

2012 年 8 月 17 号，在和我的母亲完成了一次长长的旅行之后。我把钥匙交给房东，提了一个行李箱走了。

走得很轻松。

四海为家的人，没有离不开的地方。

所以不会伤感。

我坐在出租车里，一条街一条街地看过。看着那些熟悉的房子，一栋又一栋地滑过。

离开和没有离开，没有区别。

60

图书在版编目（CIP）数据

一起到遥远的地方看一看 / 韩梅梅著. —北京：北京联合出版公司，2013.3

ISBN 978-7-5502-1369-2

Ⅰ. ①一… Ⅱ. ①韩… Ⅲ. ①随笔－作品集－中国－当代 Ⅳ. ①I267.1

中国版本图书馆CIP数据核字(2013)第028527号

一起到遥远的地方看一看
作　　者：韩梅梅
选题策划：北京磨铁图书有限公司
责任编辑：王　巍
装帧设计：黄柠檬工作室　叁囍

北京联合出版公司出版
（北京市西城区德外大街 83 号楼 9 层，100088）
廊坊市兰新雅彩印有限公司　　新华书店经销
字数 236 千字　880 毫米 ×1230 毫米　1/32　印张 9.25
2014 年 2 月第 1 版　2014 年 2 月第 1 次印刷
ISBN978-7-5502-1369-2
定价：35.00 元

本书若有质量问题，请与本公司图书销售中心联系调换。
电话：010-82069000